九度目の十八歳を迎えた君と

和迎来第九个十八岁的你

［日］浅仓秋成 著
番茄灵 泽

湖南文艺出版社
·长沙·

九度目の十八歳を迎えた君と

序章

之所以不敢用"很像"这个词，是因为我觉得那就是她本人。她在我脑中那个随着岁月而一点点变得模糊的形象，瞬间就清晰了起来。是她，这就是她本人。我的眼睛被对面的站台给牢牢地吸引住了。一如当年，她的短发在风中摇曳，在阳光的照射下泛着微微的棕色光泽。她身高超过一百六十厘米，光是站在那里就会散发出一种难以言喻的高贵感，皮肤白皙，但并不会给人以孱弱的感觉。光是看到她那美丽的大眼睛和高挺的鼻梁，我的心跳就会不由得加快几分。毫无疑问，她就是二和美咲。

虽然确信这一点，我却更加混乱了。毫无疑问，她就是二和美咲，可她又不可能是二和美咲。我越想越乱。我把左手拿着的西装外套移到右手上，深吸一口气让自己冷静下来。她的模样太过真实，根本不可能是幻觉。可这么违反常理的事情，也根本不可能是现实。她的模样，着实让我感到有些手足无措。

这天早上酷热难耐，光是静静待着就已经浑身是汗，越是厌恶这刺眼的阳光，眉间的皱纹便也越深。我与对面的站台之间隔着两条轨道，距离大概也就十米远。这个距离，我应该还不至于看错人。高峰时段，车站里总是挤满了人。但我和她就站在等车队伍的最前面，所以没有被任何东西遮挡。

二和美咲是我高二和高三时的同班同学。说实话，自从高中毕业后，我总觉得已经见过她好多次了。除了餐厅、十字路口外，偶尔还能在电视的街头采访节目中见到与她长得十分相似的人。每每见到她，我都会觉得头晕目眩，眼前一片模糊。难道——我惊得瞪大了眼睛。然而，也不知到底是幸运还是不幸，每次看到的都不是二和美咲。果然还是其他人啊！意识到这一点后，我的心情反而愈发复杂，一方面有种被欺骗的落寞感，另一方面又暗暗松了一口气。我想再见她一次，却又再也不想见到她。两种矛盾的心情，就像在大风中凌乱的风向标一样，在我的心中不停交织出现。

现在，二和美咲就站在对面的站台上。

这一次，我坚信自己没有看错。那绝对是如假包换的二和美咲。只是看起来有点……不，应该说是相当奇怪。

简单说来，就是站在对面站台上的那个二和美咲，看起来一点都不老。

她的模样，就和我高中时见过的样子——也就是她十八岁时的样子毫无差别。并不是说她看起来很年轻，或是她身上依旧保留着许多当时的影子，而是就如字面所示，毫无差别。就像是被时间遗弃了，或是被装在真空包装中冷冻保存了一般，她的身上丝毫没有留下岁月的痕迹。

不仅如此，就像是在证明自己丝毫未变似的，她还穿着高中时的校服——白色的夏季衬衫搭配深蓝色的裙子，脚上是一双深棕色乐福鞋。明明是随处可见的简单制服，可她穿上后，却显得那么精致美丽、楚楚动人，一如当年的模样。当然，她也没有忘记背上自己的皮革书包。看起来，她应该是在等开往学校的钝行电车①吧。我明白了，她可能还在上高中，而且去的依旧是我们早已毕业多年的那所高中，她还是当年那个十八岁的高三学生。

想到这里，我不禁觉得好笑，这也太荒谬了吧。我们马上就要三十岁了。尽管内心觉得荒谬，但眼前的景象又实在太过清晰、太过震撼了。因为我的的确确看到了二和美咲站在那里，而且她还是高中时的模样。无论我揉几次眼睛，她的样子都没有改变。

这时，一列钝行电车适时出现，遮住了她的身影，我这才从混乱的思绪中回过神来。接着才惊觉，不知何时，我竟紧紧地握住了自己的拳头，就连指甲都微微陷进了手掌之中。我深吸了一口气，用力地摇了摇头。很快，那辆钝行电车就开走了，二和美咲也随之消失不见了。我盯着对面的站台看了好一会儿，然后果断登上了准时到达的快速电车。

抓住拉手带后，我努力整理了一下思绪。可我无论怎么推理，都找不出任何可以解释方才那个场景的理由。我很好奇，如果她刚刚看到我，会有什么样的反应呢？会朝我招手，说一句好久不见吗？我自嘲一笑，觉得那一定只是幻觉。可二和美咲的身影仿佛依旧在我的眼前，刚才的情景清晰得让我根本无法当作什么都没发生过。可是，除了幻觉，我又找不出任何可以说服自己的理由。

---

① 车速较慢的电车。——译者（若无特殊说明，本书脚注均为译者注）

我的心跳似乎还有些快，我稍微弯下腰，透过车窗抬头望向天空。随着电车的摇晃前进，半空中的电线在我眼中就犹如波浪般微微荡漾着，熙熙攘攘的街道之上，浩瀚的天空笼罩着整个世界。今日阳光明媚，天朗气清，我望之甚至不禁有些羞愧。我试图在那片天空上描绘出自己在高中时的模样。

我这才惊觉，那个在我心里一直都是以徒劳和痛苦的印象存在着的青春期，此刻竟升华成了一种温馨的回忆。当然，依旧有许多如结痂的伤口般令人刺痛的记忆。不，也许严格来说，那些才是我仅存的记忆。不过没关系，我并不在乎，因为我相信时间这个伟大的魔法师会为我抚平一切。所有的痛苦、苦涩、温暖，于现在的我而言，都是宝贵的人生经历。

二和美咲——直到现在，你的名字依旧会让我心跳加速。

也许很多人都觉得，用一句"青春"就可以轻易解释清楚曾经的所有迷茫，但我不喜欢这么做。但不可否认，她对我而言，就是我的整个青春。她的全身，从发丝到脚底的每一个角落，都承载着我的——不，我确信不止我一个人的——青春。

我爱上了你，却又最终从你身边逃离。

一架螺旋桨飞机从上空飞过，画出一条长长的尾迹，似乎要将那片天空一分为二。

我想起二和美咲对我说过的最后一句话。

——间濑，可以占用你一点时间吗？

九度目の十八歳を迎えた君と

"谁知道呢。"我一边随口应和着,一边想起了早晨站台上的那个二和美咲。幻觉、错觉、心理作用……说起来当然也不是毫无道理,但我总觉得还不能完全说服自己。那根本就不像幻觉啊!为什么不能相信自己看到的东西呢?我越想,心情就越复杂。

"间濑，你怎么会想去印刷公司工作呢？"

我打开右转向灯后变换车道。这条国道向来都很拥堵，难得有这么通畅的时候，我也不由得心情大好。重新握好方向盘后，我开始思考这个问题。

确实，我为什么会选择现在这家公司呢？应聘面试的时候，我倒是阐述过自己的理由和职业规划，但那都是好久以前的事情了。说起来还挺不好意思的，我就是懵懵懂懂地进了这家公司，现在正开着公务车赶往客户处。

我开始努力整理理由。

"我在高中时是新闻部的成员。"

"哦？"副驾驶座上的满平问道，"新闻部？"

"所以……"我有些不知道后面该说些什么，不过还是强撑着继续说道，"我一直都对纸张和字体感兴趣。"

"于是选了印刷公司？"

"应该是吧。"

满平听完一脸了然地点点头。接着我也问了他同样的问题。不愧是个新员工，满平很快滔滔不绝地说起了他的理想。

进公司后,他跟着我学习了两个月。我很欣赏他的性格。他是个思维清晰、善于思考、勇于表达自己观点的年轻人,还有着强烈的好奇心。虽然营业所的许多人都觉得他有些狂妄,或是认为他就是个光说不练的人,我却不以为然。他的意见虽然不太成熟,但总能直击要害,每次都会让我感到十分惊讶。其他人之所以对他评价都不高,其实和他那一头略长的头发有关。我个人倒是觉得可以接受,可每次所长见到满平都会忍不住撇嘴:"理发推子,把理发推子拿来。我要给他全部剃掉。"我曾无意间问过满平是否打算剪短头发,没想到他对发型居然十分执着。

见满平运用多种表达方式详尽地阐述了自己选择这家公司的理由,我不免有些汗颜。简单来说,就是虽然印刷行业早已被人们视为夕阳产业,但他依旧觉得它存在很大的成长空间,并希望将来自己能够成为一个肩负行业复兴重任之人。在满平的雄心壮志面前,我那个"选择印刷公司是因为自己曾经加入过新闻部"的理由就显得十分卑微,甚至还有点可笑了。

再说了,新闻部又是个什么东西?

"我说的有什么不对吗?"

"没有、没有,不好意思。"我笑着挥了挥左手,"你的话没什么不对的。我只是觉得自己好久没说过'新闻部'这个词了,所以才忍不住笑了。"

不过我对纸张和字体感兴趣一事倒是真的。这么看来,这应该也的确是我当年选择这家公司的一个理由吧。不过要是我说这个兴趣是在新闻部培养出来的,那可就是不折不扣的谎言了。新闻部里就没有一样东西能够激发我对纸张或是字体的兴趣。因为新闻部几乎就没有举办过什么像样的活动。

既然如此，那我刚刚为什么会脱口而出"新闻部"这三个字呢？原因显而易见——是早上的幻觉。或许是恍惚间看到了二和美咲的缘故，脑中那些久远的记忆突然全部涌了出来。就在今天早上，原本被我束之高阁、蒙尘已久的高中时期的记忆，突然被我小心翼翼地摆回了内心最显眼的位置。虽然我的记性本就不差，但记忆中最鲜明的，当数那些高中时代的往事。我想念二和美咲，想念新闻部，想念国际交流部，也想念中愿寺学姐。至于伊佐和卡布，那就更不用说了。但不管怎么说，我的高中时代就是一段在旧校舍社团活动室度过的孤独、安静、空虚的时光。那才是我真正的"高中时代"。

如约到达河本改造公司后，我像往常一样用前台的电话联系社长，接着就直接去了接待室。考虑到这是满平和社长的第一次见面，我便简单地做了一下介绍。看着满平的名片，社长露出了真诚的笑容。

"你是应届毕业生吧？真好啊！大公司就是不一样，我们也想招新人，可惜现在经济不景气啊。"

我从社长手里接过他之前在电话中询价过的账票样本。这是一种五联复写票，顶部用黑色胶带进行固定。虽是极为普通的样式，但复写的减感位置比较敏感，所以在制作时也要予以特别注意。我开始迅速测量尺寸，并将重要信息一一问过社长后记录在笔记本上。满平也和我一样，一边点头一边做起了笔记。虽是平常之事，但我还是忍不住暗赞了一句"认真"。

"大概多久可以拿到报价呢？"

"如果您赶时间，我就在明天中午前给您发邮件吧？"

"你每次都很快。"社长满意地笑了。在厚厚的笔记本上写了几句话后，又立即合上了笔记本。几张便签从笔记本中探出头来。

"满平君，平时和父母一起住吗？"

一直埋头专心做着笔记的满平听到社长的问话后，连忙抬起头答了一声"是"。

"独栋小屋？"

"是的。"

"要不要装修一下？"社长搓着厚厚的手掌问道，"把你父母那栋房子翻新一下？"

"我……吗？"

"当然啊！用第一年的工资给父母打造一个无障碍的生活环境，多好的孝心啊！哎呀，我要是你父母，估计都得感动得哭出来！"

"翻新……"

"间濑君现在一个人住在租来的公寓里，所以没有翻新的需求。因此我才想到了满平君，也算是帮帮我们这个不景气的小企业吧！你考虑考虑？'父母建造的房子，由孩子来改造'，听起来是不是也挺令人感动的？甚至可以说是孩子超越父母的时刻。嗯，还挺有哲理呢！"

"……啊，这样啊。"

"快别欺负他了。"我连忙出言替满平解了围,尽量自然地打断了这个话题。

社长闻言哈哈大笑,挠着头说自己并没有欺负满平的意思。在我们回去时,他一直目送我们走进停车场。

"不好意思啊。不过如果你们有这方面的需求,请一定记得联系我们公司啊。我们现在可是负债经营啊。"

社长的笑声让满平悻悻地低下了头。

"谢谢你刚才替我解围。"

在国道沿线的家庭餐厅里吃午饭时,满平再次表示了感谢。他的脸上全然没有了平日的自信,不知怎的,居然看着有些憔悴,让我不由得有些同情起来。他大概不擅长和社长那种性格的人打交道吧。真没想到,我竟无意中发现了他的弱点。

"回来的路上,我还一直在想自己是不是真的要装修一下才行。"

我笑着安慰道:"不用这么担心。他不是那种不讲理的社长,刚认识我的时候,他一样见我一次就劝一次。就算我不理他,他也不会生气的。无论怎样,他都不会因此取消和公司的合作。"

"那就好。"他如释重负地叹了口气,"其实,第一个月的工资我还一直留着没动过呢。"

"留着自己用吧。再说了,就算要拿来孝顺父母,也不一定非得用在装修上啊。"

"谢谢。"满平喝了一口水,"话说回来,他堂堂社长,还得亲自负责账票订购这种小事啊。"

"这也不算什么稀奇事。更何况,他们只是本地的一家小公司而已。"

服务员走来,将我的生鱼片套餐和满平的汉堡排套餐摆在桌子上后,微微鞠了一躬,接着转身离开了。满平用餐刀切开汉堡排,肉汁四溢。

"间濑前辈,你是本地人?但是不和父母住在一起?"

见时间还很充裕,我便向他简单介绍了一下自己的经历。其实本没有必要和他说那么多,但我今天就是特别想好好说说自己的过去。早晨的幻觉,让心中的回忆如潮水般涌上了我的心头。

我生在千叶,长在千叶。虽然在升入高中时搬过一次家,但也只是从东金搬到了四街道[①],从未离开过千叶县。所以我本以为就连大学都不会离家太远,谁知阴差阳错之下,我意外地被一所很不错的大学给录取了。因为当时的环境非常适合专心备考。那所大学的校区位于多摩市[②],距离我家单程大约三个小时。所以,大学期间我不得不离开家,独自一人在南大泽[③]生活了四年。大学毕业后,我进入了现在这家公司,一开始是在总公司里工作。当时,我和许多同时期进入公司的同事们一起住在东京的公司宿舍。去年,我被公司调到了千叶营业所。姐姐结婚后就搬去了川崎,我父母则仍旧住在四街道。虽然调动后倒也可以搬回家住,但距离公司还是有

---

① 东金市位于日本千叶县中东部,四街道市位于千叶县北部。
② 隶属东京都管辖。
③ 位于日本东京都八王子市。

点远。

"而且……"吃完饭后,我慢慢喝着咖啡道,"我在家里那间房,现在已经成了我妈妈的更衣室。虽然勉强够住,但总归是拥挤了点。"

"更衣室?"

"不知道为什么,她好像从几年前开始迷上了弗拉门戈舞,还添置了一大堆衣服。"

"很积极的生活态度啊!"

"应该说,她好像变了。我总觉得有点看不透她了。"

我低头看了一眼手表,时间还很充裕。于是我告诉满平,要是还能吃得下,不妨再加点。同时补充了一句,这儿的饭菜都不贵,不用担心会吃穷我。

"谢谢。"满平打开菜单,然后一脸狡黠地笑道,"前辈,你是打算用奖金付款吗?"

"奖金?什么奖金,夏季奖金?"

"什么啊!目标达成的奖金啊!间濑前辈,我来营业所之前,你就一直有达标吧?达成销售目标后,不是会给你相应的奖金吗?"

原来说的是目标奖金啊……对此,我也只能苦笑了。我不想给新人泼冷水,但也不能撒谎。

"你是说那些钱啊,其实根本不值一提。"

"怎么可能嘛!"他大概觉得我这是谦虚。满平让服务员加了菜后,就将菜单放了回去。"你的业绩可是全营业所最好的,奖金肯定也不会少吧？"

"我真没骗你。奖金充其量也就是几千日元而已。"

"不会吧……"

"真的！一个刚进公司没几年的新人，不管再怎么努力都拿不到多少钱。要是指望这个发财，那肯定是痴心妄想了。想要增加收入，就只能慢慢熬年资，等着加工资了。"

"我不信，毕竟……"满平说到这里突然沉默了，然后一脸不服气地噘起了嘴，大概终于明白我说的都是真的了。

"这也太不公平了吧！"

听他说得这么直白，我忍不住笑出声来。

"虽然我这么说可能不太好……但是，滨崎先生的达成率才不到百分之八十，却也不会受到什么惩罚，甚至就连工资都比你高啊！"

"嗯，他比我大了十几岁，而且还是主任，工资肯定比我高啊。"

"可是……"

"从某种程度来说，我只能接受。但不可否认，这里面确实存在一些问题。我正准备提交一份业务改进方案——公司有个广开言路，听取员工意见的比赛。这家公司在员工激励制度方面的确存在一些问题，但是……唉。所有人都只能在限定的空间内争夺资源，这就是普通员工的悲惨宿命啊。"

满平不再说话，一脸沮丧。就在这时，满平刚才点的薯条被端上了桌，就像服务员为我们准备的极其敷衍的礼物。气氛更加悲凉了。我也不免心头一酸。

"不过没关系的。"为了安慰满平——不，也许我要安慰的不止满平一个人——我努力用轻快的声音继续说道，"只要努力，总有一天会得到回报的。一定有人在默默注视着你，你的所有努力都不会白费。"

满平低声"嗯"了一句，接着将薯条塞进了嘴里。

于是，我们的餐桌再次陷入了短暂的沉默。我不知道该继续说些什么才好，满平也正一边往嘴里塞着薯条，一边陷入沉思。早就吃完了盘中食物的我，开始无所事事地看起了窗外的风景。

啊！我突然愣住了，因为我看到了三个女高中生正从窗前走过，一路说说笑笑，仿佛生命本身就是充满欢乐的。而她们穿的校服，是我母校的校服。就像在凝视着一幅名画似的，我一直看着她们，直至那三个背影越来越小。等她们完全被建筑物遮住后，我才几乎脱口而出道：

"今天早上……"

话刚出口我就犹豫了，但说出口的话又不能再咽回去。

"今天早上，我在等电车时，看到了一个高中同学。"

满平一边吃着薯条，一边"咦"了一句。

"挺巧的啊。"

"一个叫二和美咲的女孩，就在对面的站台上等电车。"

"没和她打个招呼？"满平的心情似乎好转了些，神情柔和地问道。

我摇了摇头。

"但是有点奇怪。"

"奇怪？"

"她穿着校服，看起来就和高中生一模一样。"

满平拿着薯条愣住了，沉默了一会儿后，才用一种怀疑自己听错了的表情继续说道：

"嗯，不好意思。"

"还是那副高中生的打扮。"

满平没有说话，只是静静地看着我，眼神中满是困惑，就像正在努力攻克一张令人费解的模型设计图。我继续随意地说道：

"穿着校服，背着书包，站在那里等开往学校的电车。一切都和高中的时候一样，而且她的脸一点都没变。"

"……一点都没变？"

"你有什么想法吗？"

"……什么想法，嗯，这个……唔……嗯？"

满平手足无措的样子真是太滑稽了，我忍不住笑了起来。其实我从来就不是个爱笑的人，今天却总是忍不住笑出来。

"你是开玩笑的吧？"

"不好意思，不过我没有开玩笑。你也觉得很奇怪对吗？"

"……那肯定是啊。"

"我肯定是认错人了。"这句话又何尝不是在说服我自己呢，"我觉得只有这种可能。那应该是个幻觉、错觉，或是心理作用。但她们真的长得太像了。所以，当时我下意识地认定那就是二和美咲本人。"

"……你早说嘛。我差点以为前辈你脑子是不是出问题了,吓死我了。"满平一脸无奈地笑着说道,"是不是那种所谓的二重身①啊?"

"谁知道呢。"我一边随口应和着,一边想起了早晨站台上的那个二和美咲。幻觉、错觉、心理作用……说起来当然也不是毫无道理,但我总觉得还不能完全说服自己。那根本就不像幻觉啊!为什么不能相信自己看到的东西呢?我越想,心情就越复杂。

"那是你的前女友吗?"

"什么?"

"就是,那个人——是叫二和对吧?——是间濑前辈的前女友吗?"

"为什么这么问?"

"倒也没有什么特别的依据,但既然是会让你产生幻觉的人,应该就是你经常想起的人吧。所以才会这么问啊。"

既然都过去那么多年了,我觉得也没有必要再遮掩了,便大大方方地说出了当年的事情。无论我对谁诉说那段故事,过去的事情都不会改变,或者说,不会为了我而改变。

"其实只是我的单相思而已。她是一个很好的女孩,但我们没法在一起。"

"哦……你表白过吗?"

"写过情书,不过……"

---

① 二重身是一种心理学现象,指一个人在现实生活中自己看见自己。

说完这句，我不免有些后悔。除了觉得有些不好意思外，也感到了一种结痂的伤口重新被揭开的痛苦。

"不顺利？"满平问道，不过随即就换上了一副十分理解的神情笑道，"哈哈，青春不就是这样的吗！"

被人肆意推测的感觉其实很不好，不过只要满平能回到那个开朗的模样，我也就不计较那么多了。毕竟他是听完我那些关于奖金的言论才变得萎靡不振的。要是他刚进公司没几个月就提出辞职，我自然也是难辞其咎。所以，我也只能分担一点了。我再次将目光转向窗外。

透过这家家庭餐厅的窗户，可以看到外面那绵延万里的如洗碧空。无论我的目光如何涣散，面对完全均衡的蓝色调，我的眼中都只会留下一片清澈的蓝色。望着浩瀚的天空，心中那个剥落的痂似乎正在被慢慢修复。

"我记起来了。"我抬头看着天空喃喃自语道。

"什么？"

"我为什么会进入现在这家公司——这家印刷公司。"

与其说是想起来了，不如说是找到了一个略有些水准的答案，比所谓的"新闻部"更有诗意，并且也的确更符合我真实想法的答案。我对着天空轻声说：

"因为，我想做出有意义的纸。"

九度目の十八歳を迎えた君と

随着裙子在空中轻轻画出一个弧形,她回过头,微微瞪大了眼睛,惊讶地看了过来。看清我的脸后,她这才歪着头轻轻一笑。

"难道你是,间濑?"

毫无疑问,她真的是二和美咲。

和高中时一模一样的二和美咲。

第二天，发生了一件不知该说是不幸还是幸运的事情。

一是满平今天要去参加新员工培训，所以不能陪我一起出差。二是今天我要去的客户公司，是在距母校仅三条街远的地方。这两个条件但凡有一个不满足，我都不会特意绕去那里。

我在下午四点前就完成了当天所有的拜访工作，然后突发奇想拐去了母校，在正门前的护栏上坐了下来。我拿着一杯从附近的自动售货机买来的罐装咖啡，呆呆地看着那栋承载了我许多记忆的校舍。

其实就连我自己也不知道，坐在这里究竟是在等待什么。也许只是单纯地怀念，也许是想歇息片刻，也许，两者兼而有之吧。

虽然这听起来没什么说服力，但其实我每天都要处理很多工作。就比如今天，回到营业所后，我也还需要处理一些下达制造指示、做报价单的事务。就算一切顺利，也绝不可能在晚上十点前离开公司。要是当日收到的电子邮件数量比较多，或者工厂那边发来了额外的要求，工作量更是会增加许多倍。除此之外，每次和满平一起出差，为了给他树立榜样，我都会打起十二分的精神。虽然倒也不是觉得他麻烦，但不可否认，带着他的时候，我肯定会比平时更累一些。

既然今天只有我一个人出来，那就找个喜欢的地方放松十分钟吧。这些应该的确都是我来这里的原因。

不过还有更重要的一点，那就是或许我在内心深处还是隐约觉得，昨天看到的二和美咲就是真正的——高中时期的二和美咲——虽然这听起来确实很匪夷所思。于是我打算来亲眼看看，到了放学时间，到底会不会遇到一如高中模样的她走出校园。

校舍的整体景色和我上学时相比，看起来似乎并无太大变化。校门到校舍入口处之间，依旧笔直地铺设着深红色的地砖，两侧依旧种着被整齐地修剪成齐腰高的绿植。正面那栋最大的建筑物是新教学楼。站在现在这个位置，还可以看到右前方那栋旧教学楼的部分侧面，及其前面的体育馆。虽然是私立高中，但无论是新楼还是旧楼，其外观都极其朴素，丝毫不会给人以华而不实的感觉。外墙上只有一排排简单的窗户，看着就像一大块蒙了一层灰的冻豆腐。我都毕业这么多年了，按常理推断，这几栋校舍也应该破旧了不少才是。可我左看右看，都没看出它们与当时有何不同。难道校舍本就是个脱离了时间概念的存在？

无论它们矗立于此多少年，始终都是同一副模样，就连外墙的污渍都不会有所改变。因岁月增长而年老色衰的人类，在它们看来只不过是个可笑的物种吧。

我喝了一口咖啡，眼睛看向了旧校舍一楼某扇隐约可见的窗户。窗帘紧闭，我看不到里面的情景。但即便如此——不，应该说是正因如此——我也能清楚地回忆起房间里面的模样。高中时，我在那里度过了大部分时光——那就是新闻部的活动室。

下课了吗？校门口已经开始陆续出现放学回家的学生了。几个学生向我投来了疑惑的目光，不过大多数人都是连眼神都不屑于给地从我身边走过。的确，对胸中的梦想和希望就像汽水一样时刻都会喷涌而出的高中生来说，一个缩在角落里喝咖啡的上班族实在没有什么值得注意的地方。

喝完咖啡，我看了看手表，该回营业所了。从护栏上站起身，我微微伸了个懒腰。我一边将自己的头脑切换成工作模式，一边准备向投币停车场走去。

怎么会！

似乎连周围的空气都凝固了，我的心紧张得怦怦直跳。

一个女学生正沿着深红色的地砖向我走来，就像走在玻璃上似的，她的每个脚步声都清晰地传入了我的耳中。咚，咚……那声音十分强烈，径直敲在我的心上。她并没有注意到我，走出校门后便和另一个同学一起朝车站走去。这一切太不真实了，简直就像海市蜃楼一样。望着她离去的背影，我大声喊道："二和！"

随着裙子在空中轻轻画出一个弧形，她回过头，微微瞪大了眼睛，惊讶地看了过来。看清我的脸后，她这才歪着头轻轻一笑。

"难道你是，间濑？"

毫无疑问，她真的是二和美咲。

和高中时一模一样的二和美咲。

"二和？是两个和字的二和吗……"

就连当时的蝉鸣声，我也依旧清楚地记得。

第一次听到二和美咲这个名字，是在高一时期的七月，那个暑假前的新闻部活动室内。当时，三位学姐正忙着用团扇给自己扇风，因为那台昭和时代的空调吹出的冷风简直就与失业工人的叹息无异，根本达不到给房间降温的效果。同年级的大川正穿着一件被汗水浸湿的衬衫，坐在折叠椅上打着瞌睡，而我则盯着一份迟迟没有进展的墙报手稿。我还记得，那是人最齐的一天。

"高一啊……间濑君，你认识吗？"

我接过那张纸看了看，原来刚刚中愿寺学姐一直在写的东西是一份问卷调查表啊——"介绍一下你所在的社团"。问卷的底部还有一句备注：

——填写完毕后，请交给国际交流部高一年级的二和美咲——

不过我没听过这个名字，便如实告诉了学姐。虽然同是高一的学生，但高一共有八个班。除了同班同学，或是在一起上体育课的隔壁班男生外，我几乎不认识同年级的其他人。更何况，我当时的性格也比较内向，又是刚从其他地方搬来这里的，所以对其他班的女生就更不了解了。

目前新闻部的三位前辈都是高三的学姐。新闻部的部长中愿寺学姐拥有一双冷酷的长眼睛，浑身上下散发着一种成熟女性之美；川岛学姐特别擅长创作三丽鸥风格的插图；还有一位则是钟情于甜食与和平的妹尾学姐，长得胖乎乎的，很是讨喜。她们都是个性鲜明、幽默风趣之人。但说实话，除了中愿寺学姐之外，其他人并未给我留下太深的记忆。高一学生和高三学生共处的时间很短，平时交流的机会也十分有限。

"不好意思，这个可以麻烦间濑君帮忙交给国际交流部吗？"

"……现在就要去吗？"我用一种婉拒的语气问道。如果可以，我还是想尽量避开这种未知的空间。尤其是国际交流部那种地方，我几乎可以肯定会遇见一些我不喜欢的人。

"是的呢！截止到今天……辛苦你跑一趟了。"

"国际交流部在哪里呢？"

"这上面。"川岛学姐指着天花板接话道，"真的，就在这个正上方。二楼。"

"你……是想继续写手稿？"中愿寺学姐看着我的手稿，"要是手稿还没完成，确实不该让你去送东西啊。"

"……是，是呢。"

因为当时的新闻已经连续好几天报道禽流感的相关内容了，所以我打算将它整理成文章。那个时候，石棉致癌问题和禽流感都引发了社会极大的关注，我也在二者之间徘徊了好久，最终基于信息量的差异才决定写禽流感。既然我们给自己取名为新闻部，好歹也得偶尔报道些当前的社会话题吧。只不过不久后我就发现了，这种使命感可以说是毫无价值的。

"说实话，还真是有点卡住了。之前研究的内容已经大致写完了，就是字数还不太够……"

"没关系，没关系。"妹尾学姐闭着眼点了点头，"要是实在写不出来了，你就写'我已经无法用语言来形容了'，或者'我都不知道该怎么说了'，或者'这真是让我太惊讶了'之类的，就这么一直连下去就可以了。我每年都这么做。"

可以说毫无参考意义——但我还是礼貌性地点了点头。

"话说回来啊……"川岛学姐笑着说道,"不如你就先停下来,出去散散步。说不定还会出现新的灵感呢。"

就这样,我被迫拿着问卷离开了活动室。很不情愿,但别无选择。学姐们的手稿也没什么进展,大川甚至连主题都还没确定。客观来说,我的确是最闲的那一个。

当时的学校有一条规定,那就是所有学生都必须参加社团活动。然而,后知后觉的我却是在入学后才听说了这条重要的校规。那一瞬间,我真的非常沮丧、非常失落。初中阶段,我没有参加过任何社团活动,也不准备在高中阶段参加任何社团。我的四肢向来就不发达,也没有特别喜欢的文艺活动。一想到自己的整个高中生活可能都要疲于应付这些不感兴趣的事情,我就头疼不已。

啊!我该怎么办?

幸亏,学校对我这类学生还是非常友好的,为我们这些不想认真参加社团活动,或是还有些自己的事要忙的人,设置了好几个特殊的社团。这样的社团大大小小共有十多个,平时也基本没有认真举行过什么活动。天文部、摄影部、历史研究部、科学部……以及我们新闻部。这几个社团全都位于旧校舍,所以又被称为旧校舍部,虽然很受像我这种性格的学生的欢迎,却成了那些热衷于社团活动的学生们嘲笑的对象。

在这众多旧校舍部中,我之所以最终选中加入新闻部,其实原因很简单——邀请我的中愿寺学姐是个大美人,让我实在不忍心拒绝。那天放学后，我漫不经心地走进旧校舍，打算随意参观一下社团。见我探头探脑的模样，中愿寺学姐用一种女性特有的低沉而富有磁性的嗓音说道：

"要是还没想好，不如加入我们呢？虽然可能没什么好处，但至少也不会有什么坏处啊。"

等反应过来的时候，我已经点了头，并在接过来的申请书上签完字了。就算有人说我对漂亮的女生毫无抵抗力，我也不打算反驳了。要是让一个正处于青春期的少年拒绝一个知性、迷人的学姐的邀请，那也太残酷了吧。当然，如果中愿寺学姐当时邀请我去的是插花部或铜管乐队部，那我很可能还是会忍痛拒绝的。正如我之前提到的那样，比起天文学或是摄影这类的东西，我对纸张、字体之类的东西至少更感兴趣一些。所以听到新闻部的时候，我还是隐约感觉到了一种可能性，或者说是希望。虽然说起来有些可悲，但我最担心的，其实是自己会成为社团的负担。虽然同属文艺领域，但要是加入铜管乐队之类的社团，那我肯定远不如那些从小学过乐器的人。尽管我知道自己身上几乎没有什么优点，但我和其他少年一样，也有自尊心。这么一来，新闻部大概确实是最适合我的地方了。没想到，我即将成为一个从中学时代就活跃在新闻第一线的新生了。

可是加入后，我受到了两个重大的打击。第一个打击是，这个社团的活动频率远比我预想的要低。说起来都有些难以置信，这个社团每年只举行一次活动，那就是在校园文化节期间做一次墙报。另一个打击听起来就有些不值一提了——原来中愿寺学姐有男朋友了,是一个就读于青山学院大学①的高个子男生。

上了二楼后,我又看了一眼中愿寺学姐给我的问卷。果然,里面有些夸大其词了。

请用一百字左右的文章简单介绍一下您的社团活动。(国际交流部会将其翻译成四国语言,并提交给市级国际交流协会。为方便我们的翻译工作,请您尽量使用简单的语言。)

每年九月的文化节期间,本社团都会负责墙报制作的工作,制作后的成品会于社团室前进行展示。墙壁文章主题及内容均由本社团成员自行思考,并负责撰写成稿。其余时期,社团成员会针对最新的时事展开讨论。(九十四字)

我怎么不知道他们还讨论过什么时事呢?

刚才我介绍过"旧校舍部",这个国际交流部虽然也位于旧校舍内,却是唯一一个不被称为旧校舍部的存在。据说这个社团自建校以来就已成立,有着十分悠久的历史。不仅会每年收集千纸鹤赠送给远在加利福尼亚州的姐妹学校,社团成员还会积极参与一些发展中国家的社会义务活动。就连我们学校的多语种简介,也是国际交流部的成员自行翻译的。这个社团会定期举办各种精彩的活动,我总觉得他们的目标是成为日本的另一个"甲子园②"。放学后的

---

① 日本的一所以教育质量和国际性而闻名的一流私立大学。
② 日本高中棒球联赛的俗称。

时间自不用说，就连假期都会不时举行一些社团活动。因为活动实在太过频繁，所以这个社团并不受学生们的欢迎，目前的成员总数想必还不到五人吧。虽然算不上什么精英聚集地，但听说里面的成员都是一群优等生。至少，他们应该不会像新闻部的同学那么好相处吧。

正如川岛学姐所说，国际交流部的确就在新闻部的正上方。我忐忑不安地在门口走来走去，好一会儿才下定决心敲了敲门，只不过力气小到了不认真听就根本听不到的程度。

"请进。"

显然他们认真听了。

我皱着眉头推开了门。也不知道是因为门的结构不佳，还是因为我太紧张了，我总觉得这扇门比我想象的要重上许多。

社团活动室内，一位女学生正坐在折叠椅上。从建筑结构来看，这个房间的面积应该和新闻部那间完全一样，但由于里面堆满了文件和书籍，所以让人觉得十分压抑。随处可见白色的纸片在风扇吹出的微风中飘扬，莫名地为这个房间平添了几分凉意和梦幻。窗边的立体声音响中传出了我从未听过的东方音乐，更加深了这种梦幻的感觉。木琴的敲击声和弦乐器的乐声，构成了美妙的旋律。真不愧是国际交流部啊，品位就是不一样！

"那个，我……我是新闻部的。"

我不由得提高了一点音量，因为那个女学生实在是太漂亮了。我感觉美少女这个词简直就是为她量身定制的。

这么说或许有些不礼貌，但一直到进门之前，我都觉得自己会遇到那种不好相处的国际交流部成员,所以此刻的惊讶才会加倍,甚至加了高达三倍。我下意识地看向了她的室内鞋①。上面的线条是蓝色的,可见她和我一样,都是高一的学生。但我不敢相信,因为她和我,简直就是两个世界的人啊——那一瞬间,我突然就生出了这个感觉。或许这也是青春期的一种表现吧。但她并非那种看起来很高傲,或者很不友善的人,相反,她看起来很可爱。她的神情如春风般明媚,行为举止也十分温和友好。但是很显然,她于我而言是遥不可及的存在。明明是同一个年级的美女同学,却又犹如一颗在数光年之外的宇宙中熠熠发光的一等星。即使努力地伸出手,也永远不可能触碰到。这所学校里,居然有这样美丽的女孩!

她依旧坐在折叠椅上,睁大眼睛看着我问道:"你是来交社团活动介绍问卷吗?"

这次我努力控制自己的音量,用平静的声音答了一句"是"。

"谢谢。"她轻轻地从椅子上站起来,微笑着对我说道,"你好。我是二和美咲。"

拿过问卷后,她迅速看了一遍,确认没有什么问题后,轻轻点了点头。她似乎也注意到了我脚上的室内鞋,所以笑容中透着几分亲切。

"我们是同一个年级的吧?谢谢你帮我拿来,填写的内容没问题。"

---

① 日本的幼儿园、小学和中学的学生一般在进学校后都必须换上室内鞋。

听到这话,我本已经可以转身离开,但双腿似乎有些不听使唤。虽然并无想看的意思,但我的目光还是下意识地看向了窗边的立体声音响。

"感兴趣?"

"……什么?"

"那个音乐啊?"她一副忍俊不禁的模样,"那音乐听着有些奇怪是吧?"

"啊……嗯……"我不由得摸了摸鼻尖,"是有点。外国的音乐吗?"

"嗯!是柬埔寨的学校发来的,说是他们自己演奏的,想请我们一定要听听。"她也盯着立体声音响看了一会儿。

"我想发个听后感给他们,但又实在想不出来该怎么说才好。很有趣?太没有新意了。很复杂?好像又有些不妥。很有新意?个人感觉太浓厚了些,但要说怀旧吧……又完全是谎言了。所以我才一直重复这首歌,想找到一个合适的表达。"

随着木琴的节奏变得更紧密,女声合唱响起。与此同时,还出现了一种令人甚至想象不出乐器形状的粗涩声。

"这首曲子虽然很欢快。"她依旧看着立体声音响,笑着说道,"但我真不知道该写些什么才好,真是太难了。"

随着电风扇轻轻摇动,她的短发也微微飘扬着,与此同时,一股香甜的气味飘进了我的鼻子,是她的体香。刹那间,我感觉自己就像站在一盏高亮度闪光灯下,浑身上下都被强光所包围。毫不夸张地说,我甚至都觉得有些头晕目眩了。

但如果要说我在这一天的这一刻对她一见钟情了,又似乎并非如此。那时的我胆子太小了,根本不敢谈恋爱。

确切来说,是不敢将自己的这种情感定义为爱。对我这个整个初中时期都没有交过女朋友的人来说,被女孩喜欢的难度不亚于得个诺贝尔奖。既然知道不会有结果,不如从一开始就不要奢望爱情。这是个甚至可以称得上有些可悲的卑微理论,但对当时的我来说,却是一种很好的内心防御术。

女声合唱的声音格外响亮,木琴的节奏也变得更紧凑了。

我慢慢张开嘴,本想看着她的眼睛与她交谈,却怎么也不敢直视。我的视线就像一颗放在倾斜桌面上的弹球一样,总是不受控制地滑到地面上。没办法,我只能盯着地板努力组织语言。

"这种时候……"我小声地开了口,"可以说'我已经无法用语言来形容了'。"

"哈哈,你可真狡猾。"她有些调皮地笑了笑后微微点头,"不过,倒也是个好主意。你们写报道的时候也会用这句话吗?"

"不……还是不太一样的。我只是觉得,也许可以这么说……"

"我会认真思考你的建议,谢谢啦!"

我在心里对妹尾学姐说了声"谢谢"后,就离开了国际交流部。

我们只说了几句话,见面的时间合计不到五分钟。但在返回新闻部的路上,我却一直在思考着同一件事——

我还想再见她一次。

"……你怎么会在这里？"

这话应该我问才对吧……

面对这突然的重逢，我呆呆地站在原地，一句话也说不出来。微风轻轻地吹动她的头发，还有我的衬衫。其实那句话正该用于此时——我已经无法用语言来形容了。

还是高中生的二和慢慢弯下腰，从地上捡起了一个空罐子，然后缓缓地递给我。正是我刚刚喝光的那罐咖啡，大概是刚刚发呆的时候不小心掉在地上了吧。我接过罐子，二和的脸上多了几分娇羞。

"好久不见……你好像变了很多。成熟了，好像也长高了一些吧？"

"……你真是一点都没变啊。"

她闻言轻轻一笑，大概以为我这是玩笑话吧。

"你是二和……对吧？"

"是啊。"她的笑容更深了，就像是在问我"难道还能是其他人吗"。

"二和，二和美咲。"

"是的！"

"你不是二和美咲的妹妹或是……女儿吧？"

大概觉得我的话太可笑了，二和忍不住咯咯大笑了起来。这个笑容我太熟悉了，所以我也只能彻底排除她是其他人的可能性。她用手捂住嘴笑了起来，眼睛眯成了一条长长的缝。不失优雅，也不带一丝虚假。毫无疑问,她就是二和美咲。

"你是高中生吗?"

"嗯……"二和似乎不太想回答这个问题,微微移开目光后点了点头。

"一直都是?我毕业后的这几年,你都一直在这里读高中?"

"……嗯,是啊。"

"那你,现在几岁?"

"我,十八岁啊。"

我还想再说点什么,却突然咳嗽不止。我内心震惊不已,但嘴角却僵在一个不自然的角度,看起来就像是在微笑。

"这怎么可能……"我努力组织着语言,"我们都应该快三十岁了吧。三十了……怎么可能只有你一直停留在十八岁呢?衰老这件事,对于每个人都是平等的。"

二和没有回答,只是一副有些为难的样子,微笑着。

虽然这话不该我来说,但我觉得自己这句话并没有什么不对。我不敢称之为常识,但这就是天理或宿命。无人能逃得过衰老,这一定是真理无疑。可眼前的她,却正如她自己所言,的的确确还是一副十八岁的模样。既不可能是其他人,也看不出任何人工修复过的痕迹。因为一直以来都让我感觉十分遥远的二和美咲,现在竟意外地让我觉得有些稚气。

我实在不知道该怎么说了。

"这位,是谁啊?"站在二和旁边的女学生问她道。那位女学生戴着一副无框眼镜,看起来挺聪明的模样。

"嗯，以前的同年级同学——最早的……同学。"二和答道。

"哦。"

也不知道是我的话惹她不快了，还是那就是她平日的神情，总之，她用一种冷漠的眼神看着我，低声说道。

"每个人的情况都不一样吧。"

我一时没明白她要说什么。

"……每个人都不一样？"

"是啊。看样子，大哥哥应该是个上班族吧？"

"……怎么了？"

"同样的道理啊。"她快速接话道，"想成为上班族的人最终成了上班族，想成为消防员的人最终也成了消防员。什么也不想做的人，最终就会变得一事无成。那么，有些人想一直留在高中，于是就一直留在高中了。我觉得，这也没什么不可能或是很奇怪的吧，这是每个人的权利、每个人的思想自由，不是吗？"

"……不是，这不一样。"

"一样的。这不是其他人可以强迫的事。"

不是其他人可以强迫的事。

她的话并没有真正得到我的认同。就像一顿在严重腹泻的时候吃下的饭，迅速穿过消化系统，然后被排出体外，没有留下任何价值。她的话也一样，如一阵耳旁风似的吹了过去。

就在我站在那里和她说话期间，已经有好几个学生从我面前走过。其中几个路过时，还向二和及她的同学打了招呼。"啊，美咲，明天见。""啊，嗯，明天见。"我只能站在一旁看着。

"你在听吗？"

大概是见我有些走神了，她拍了拍我的腰。

"总之，请不要再说这种没礼貌的话了，我们先走了。"

留下这句话后，她们便一起向车站走去。走出几步后，二和有些犹豫地转身看了我一眼，但在同学的催促下又马上离开了。我又盯着她们的背影看了好一会儿。

可是，即便看到了如此匪夷所思的场景，我也不可能突然请半天假回家。回到营业所后，我立即开始处理堆积的工作，但果然，我的脑子好像有些转不动了。我对着样品迟迟无法下笔，无奈之下，只得先将部分订单搁置在旁。我打开网页，开始尝试用不同的关键词搜索信息，例如"年龄／停止"或"年龄一直不变"等等。可任我再怎么搜索，也始终找不出一篇文章可以解释发生在二和美咲身上的奇异事件。最多只能查到一些关于抗衰老的消息，甚至还会冒出些更年期相关的内容。关掉网页后，我起身前往开水间，准备给自己冲杯咖啡。

"出什么事了吗？工厂？还是送货？"

小暮看我有些不对劲，便一脸担心地问道。我努力保持着镇定，并告诉他工作方面没有任何问题。可小暮仍是一脸怀疑，又反复确认了好几遍。

"那就好。不过你的脸色很不好啊，今天还是早点回去休息吧。前几天不是还咳得很厉害吗？你要是再这么不要命地拼下去，身体迟早会垮掉的。"

"……不至于啦。"

"怎么不至于啊,你还是好好休息一下吧!"

说完,小暮突然注意到了我桌上的一份文件。他伸手拿起那份文件后,用一种疑惑的眼神看着我道:

"你不会打算把这个交出去吧?"

小暮手里的那份文件,正是我昨天打印出来的业务改进方案。我当然要交出去。小暮一副恨铁不成钢的模样长叹了一口气,然后趁着所长不注意,将我拉到了走廊上。营业所只租用这栋写字楼中的一个房间,因此走廊是与其他公司共享的。走到自动售货机旁,小暮让我在长凳上坐下,我依言照做。

"我不敢在所长面前说这些话。"小暮稍微压低了音量说道,"业务改进方案这种东西,不该由你提。"

"……为什么?"

"这不是你这种人该写的东西。"小暮闭上眼睛,再次叹了口气。

"听我说!这场比赛的真正目的根本就不是什么听取员工意见,说穿了这就是一次晋升考试而已。就是给那些想要跻身管理层的人,或是想要晋升的管理层人员准备的,走个形式而已。哪有人会认真听你这种二十多岁的小年轻说什么啊?交这种东西根本就是在浪费时间,你还有那么多工作呢!你的时间应该用在更重要的地方。"

我只是默默地听着,没有反驳。一方面是已经没有精力去争论什么了,另一方面则是因为其实我也意识到了这一点。我还不至于那么天真无知。

"我知道,但还是想写一下。"

"为什么?"小暮用一种完全不认可的语气问道。

"明明有建议却不说,多少还是有些不甘心的。而且如果我能提出合理的建议,我想领导们也会采纳的吧,至少也会听一点吧。"

"你打算提什么建议?"

"关于评价制度的修订。"我一边思索着措辞一边答道。和同事聊工作的时候,方才在校门口的经历也似乎慢慢地从我的记忆中远去。

"和我同时进公司的同事中,已经辞职了十几人,其他同事的工作热情也不高。当然,我不指望公司会因此出现翻天覆地的变化,但至少应该在激励措施上做出一些改变。目前的这种激励制度,实在很难激发大家的工作热情啊。"

小暮用一种不以为然的眼神看了我好一会儿,最终还是放弃了,沉默着站了起来。

"你想做就做吧,我先回去了。"虽然听着像是撒手不管了,但他的语气中并无丝毫怒气。虽然小暮在工作方面不太积极,但绝不是那种令人讨厌的人。

比如,他不是那种一心扑在销售工作上,时刻都想为公司做出贡献的人。他会努力给妻子和四岁的大儿子更多的关怀和陪伴。大概正是因为他性格温和,所以他有些看不惯我这种一味追求数字的样子吧。

"谢谢你。"

听到我这句话后，小暮转过身来。

"早点回家吧，明天抽空去趟医院。正好满平明天也不在。去照照镜子，就知道你这脸色有多糟糕了。"

"我没事。只是今天见到了一些奇怪的东西。"

"奇怪的东西？"

"一个完全还是高中生模样的老同学。"我努力用平静的语气说道，"我在高中时的同年级女同学，她还在读高中，不是因为留级之类的，因为她完全还是当时的模样。我们聊了一会儿，我很肯定那就是她本人。"

小暮沉默地看了我好一会儿。我总觉得那眼神就像在看一个坐在电车上喝酒的外国游客一样。

"我知道。"我干脆自己开了口，"就连我自己都觉得这太匪夷所思了，你肯定也觉得这根本不可能吧？可是她真的一点都没变，你说，这到底是怎么回事啊？"

"你一定要早点回家休息！"

看着小暮走进营业所后，我用双手擦了擦脸，接着从面前的自动售货机中买了一罐咖啡。虽然本来是打算自己冲一杯的，不过买个罐装咖啡也一样。可就在我将左手伸进口袋里准备掏出零钱时，指尖突然触碰到了一件奇怪的东西。

我往口袋里塞过票据之类的东西吗？

除了几枚硬币外，我掏出了一张纸片，就像从大学笔记本上撕下的一样。巴掌大小的纸片，被折叠成了四小块。毫无印象……打开后，我盯着纸面努力解读了一会儿。上面用黑色圆珠笔潦草地写着一个以090开头的手机号码。当然不是我的笔迹。

我想了几十秒，终于想到了一种可能。

3
九度目の十八歳を迎えた君と

"而且，我想和她一起毕业，继续我们的同学缘。"

虽然这句话很符合高中生的身份，但我着实没想到会从她口中听到。嗯，不管怎么说，她现在确实还只是个女高中生，还处于青春期。只是我已经走出来了而已。

"所以我希望你能帮忙，帮美咲走进十九岁。"

那个电话号码的主人想约我在周六开始的长假里见一面。那段时间我暂时没有安排,便同意了对方提议的时间和地点。从我现在住的地方乘电车二十分钟左右,就能到达那个对方选定的公园。小学和初中的时候我也去过那里几次。如果没记错的话,那是个非常大的公园,不仅有很大的广场、棒球场、田径场,甚至还有一个可以划船的大池塘。

说实话我不记得她的长相了,所以一开始有些担心不能顺利找到她。到了公园后,看到约定的那张长椅上只坐着她一个人,我这才松了口气。

"我叫夏河理奈。你是间濑,对吧?"

这就是那天放学后和二和一起回家的女孩了。她对我打了个招呼后,指着长凳上的空位示意我坐下。我依言在她身旁坐下。今天的阳光实在是太晒了,我着实不想在户外久待,所幸我们坐在树荫底下,倒是比想象中凉快一些。坐在这里,可以看到整个广场上随处可见带着孩子出来玩的父母。远处,孩子们的笑声和树叶轻柔的沙沙声交织在一起。

和上次见到时不同,今天的她看起来似乎清爽了许多,大概是将一头黑色的长发扎到了脑后,又换上了一身条纹衬衫和黑色紧身牛仔裤的缘故吧。她看着比那天穿校服时成熟了一些。

"前几天多有得罪。谢谢你今天愿意出来。"

"你叫我出来是?"

夏河理奈没有直视我的眼睛,而是看着广场开了口。我发现,她说话的时候几乎不会用到面部肌肉,只有嘴巴在微微开合。

"我想和你商量一件事。"

"商量?"

"是的。"

说完,她沉默了一会儿,或许是在想该如何开口吧。见此情况,我也开始搜肠刮肚地想要找些话题。害怕沉默,或许也是一种职业病吧。

"你平时总会随身带张写有联系方式的字条吗?"

"怎么会呢?"她眉间微皱,用一副不认同的神情看向我。

"这是我趁着你和美咲说话的时候,从笔记本里撕下的一张纸写的。"

"这样啊。"

她长吁了一口气后,终于进入了正题。

"你是美咲的同年级同学……对吧?而且还是她最早的同学。"

这话听着有些别扭,但我觉得她说得应该是对的。她说完便再次看向了前方。

"应该是吧。"我看着她的侧脸答道,

"说实话,其实我也不太清楚。我不知道二和现在到底是什么情况,也不知道她为何会变成这样,所有的一切,我都不知道。如果说我是她最早的同学,那你应该就算是她现在的同学了吧?"

她点点头。我也微微点头回应,连同身子都轻轻地晃了晃。

几天过去了,我也冷静了许多。我不想再纠结这件事了,但这并不表示我已经能够接受这一切。这个大谜团,依旧像个黑疙瘩一样堵在我的心口。拜它所赐,我已经好几天都没能睡好觉了。

"你似乎对美咲还是高中生这件事感到很惊讶,还说这绝不可能发生,对吧?"

"你也这么觉得,对吧?"

"我不这么觉得。"她的神情突然变得严肃了起来,"你这可是差别对待!"

"差别对待?"

"每个人都可能得年龄病,就像有些人会得抑郁症或是癌症一样。绝不可能这种话,未免也太过武断了吧。"

得年龄病……我姑且装作听懂了。

"学校里的其他同学,不会觉得二和很奇怪吗?"

"不会啊。"

"在老师和同学的眼里,她都只是个普通的高三学生而已?"

"当然啊。"见她已经有些不耐烦了,我连忙止住了这个话题。我不想争论,也没有说服对方的信心。

"对了,你说想找我商量的是什么事?"

"我的这个想法可能有些任性。"夏河理奈如是铺垫道,"但我还是希望美咲能从高中毕业。就是，我希望她不再是十八岁，而是十九岁。"

"可是，你刚刚不是还说一直停留在十八岁也没什么值得奇怪的吗？"

"我知道，我有点多管闲事了。"夏河理奈看着广场继续说道。她的表情一直没有出现过什么变化，但在说到这里时，却心情好得眯起了眼。

"我也知道其他人不该插手此事，就像不能随意搅乱别人的生活一样……可我，不希望美咲以后比我小。再者说，控制年龄这种事，对她的身体也不好吧？"

"……对她的身体不好？"

"当然啊。毕竟这是在违背自然规律，对身体肯定没什么好处的呀！至于会给身体带来多大的负担嘛——就只有她才知道了。但我觉得，多少还是造成了些负担。最近美咲迟到早退的次数明显多了，说不定就是年龄的缘故。"

夏河理奈的话触动了我。虽然不知道具体情况，但至少我认识的二和美咲不是那种经常迟到早退的学生。可见一直留在十八岁，果然对身体不好。我突然觉得有些不自在，两脚慢慢交叠。

"而且，我想和她一起毕业，继续我们的同学缘。"

虽然这句话很符合高中生的身份，但我着实没想到会从她口中听到。嗯，不管怎么说，她现在确实还只是个女高中生，还处于青春期。只是我已经走出来了而已。

"所以我希望你能帮忙，帮美咲走进十九岁。"

"可我也不知道该怎么让二和变成十九岁啊。要是找不到方法，我也一样无能为力。"

"你说得对。所以我们只能找到让美咲一直停留在十八岁的原因，然后彻底解决。"夏河理奈说道。

二和之所以会一直停留在十八岁，既有可能是她自身的内在原因，也可能是受到了某种外在实体的影响。如果我们找不出原因并解决，就永远不可能让二和走进十九岁。现在的二和，犹如被困在了一个十八岁的牢笼里。

"这就好比，美咲的体内有一条年龄河，现在河水被一块大石头堵住了去路，所以无法再流动。我们要做的，就是移开石头，让河水恢复流动。只要搬开这块石头，美咲的年龄就会自然增长下去，也就能从高中毕业，顺利进入十九岁了。"

"那么，关于那块石头，你有什么线索吗？"

"没有。所以我才想找你聊聊，你有什么线索吗？关于美咲一直停留在十八岁的事情。"

我愣住了，没想到她居然来问我这个问题。

就在此时，广场上一个小孩不小心将球踢到了我们脚边，于是我起身把球踢了回去。虽然没踢准，但孩子和他的父亲还是笑着对我道了谢。

"美咲第一次决定留在十八岁的年纪，是在第一次念高三，也就是和你做同学的那年。"我再次坐下后，夏河理奈也继续说了下去，"当然，美咲决定不再长大的原因，应该就在当时发生的某些事，甚至是某些人身上。你说呢？"

"……我也不知道啊。"我苦笑道,"她有提起过什么吗?"

"她怎么都不肯告诉我。问到这件事的时候,她就会装糊涂说自己也不知道。她这话可骗不了我!她这个人啊,最擅长装傻充愣了。她肯定知道自己一直留在十八岁的原因。我觉得,应该是个和爱情有关的原因。"

我的心口突然感到一阵刺痛。为了掩盖这种情绪,我故意放慢了语速。

"你为什么会这么觉得?"

"因为美咲她从来不跟男生一起玩。无论被哪个男生邀请,她都没有答应过。和男生说话的时候,她也只会做出最低限度的回应。我总觉得她有点不对劲。和你一起念书的时候,美咲对男生也是这样的态度吗?"

"这个嘛……"我逐渐生出一种被审问的错觉。我也犹豫过要不要撒谎,但最终还是选择了如实回答。"当时她好像不会这样。"

"所以,我觉得美咲应该被某个男生伤害过。"

"……伤害吗?"

"我总觉得你应该知道一些事情。"

内心深处似乎有什么东西正在崩塌,我沉默了片刻,竭力抑制着自己的情绪。那天的情景在我脑海中闪过。

"……为什么这么说?"

"那天在校门口见到你时,我看出美咲明显有些激动,在那之前,我还从没见过她那个样子。"

"突然遇到老朋友，谁都会有些激动吧。"

"但我总觉得那不单纯只是激动。"

"你想多了啦。"

"高中时，你和美咲是什么关系？"

我有些受不了了，摇了摇头道："不好意思，我觉得我对二和并没有你想象中的那么重要。我确实喜欢二和，但那只是我一厢情愿而已，我们之间什么也没发生过。我给二和写过情书，但是……"

"被拒绝了？"

"不是……"我犹豫了几秒后才继续说道，"嗯……准确来说应该是被搁置了吧。"

"为什么要搁置？"

"这个嘛……"这还用问吗？"你得问当时的我们才能知道。"

夏河理奈直直地看着我。我总觉得她的目光已经穿透了我的侧脸。但我依旧看着广场。她终于放弃了似的叹了一口气。

"年底是最后的期限了。"她的语气听起来更加急迫了，"我问过年级主任了，如果不能在年底前做出决定，就来不及准备让美咲毕业的那些文件了。如果你有什么线索就最好了，如果你什么都想不出来，那可不可以给我看看你们当时的毕业纪念册？我想去找找美咲当时的好友，从他们身上找找线索。要是在网上发布消息，说不定还能约几个同学当面聊聊。只要仔细排查，应该就能找出让美咲一直留在十八岁的原因了。"

说到这里，她停顿了一下。

"可以帮我这个忙吗？"

我实在无法一口答应她的要求。不可否认，她的想法和愿望的确让我有些动容，而且我也觉得二和美咲现在这个模样很奇怪。但是，我现在一点也不想主动掺和这件事。就在几天前，我目睹了一位被冻龄在十八岁的同学。我还需要点时间来好好理理思路。

"为什么会约我来公园呢？"我一边沿着小路走出公园，一边问道。

"不好意思，这是我的一个习惯。"

"来公园的习惯？"

"准确来说，是来晒太阳。我妈妈是初中体育老师，所以我从小就被严格要求必须积极锻炼身体。但我是个运动白痴，不管什么运动都坚持不下去。最后妈妈只有退而求其次，要求我每天至少出去晒一个小时太阳。"

"于是你就养成了来公园的习惯？"

她点点头。"我也觉得这个习惯挺奇怪的，不过我从小学起就一直这样了。"

"不过你的皮肤还是很好的，依旧很白。"

听到这句话后，她突然停了脚步，有些惊讶地看着我。我被她的举动吓了一跳，还以为自己说了什么不该说的话，好在她看起来似乎并没有生气。她清了清嗓子，继续迈开了步子。

"我是那种晒不黑的类型。"她的声音有些颤抖，大概是因为害羞了吧。

"而且，我一般会待在树荫底下……出门前也会涂防晒霜。"

"你平时，都只是坐在长椅上吗？"

"我会找本书来看，一般是小说。"

"哦？什么小说？"

"……也没有什么特别的。"她有些不好意思地说，"其实我不是那种爱看书的人，只不过一个人在公园待着实在太无聊了，所以就强迫自己看点书。基本上都是从那边的中央图书馆里借的。"

她指了指图书馆的方向。

"一开始，是打算从A排开始按顺序看完名著的，结果过了这么多年都还在A排上打转。我不是那种会静下心来读书的人，不是心不在焉，就是看一半扭头看起了风景吧。我根本就不是读书的料。"

"但你还是选择了用读书来打发时间。"

"大概是因为一种渴望吧。我很羡慕那些爱看书的人，所以也希望自己变成那样的人，就一直坚持借书来看。不过也经常有人说我很奇怪。估计，我就是这么个性情乖僻的人吧。"

"这就像……"

我说到这里又突然住了口。虽然我要说的话是事实，但也许会惹她不高兴。她那种因为渴望而坚持看书的样子——就像高中时的我一样。

"我能理解你的这种心情。"

夏河理奈有些不好意思地低下头看向地面，顺便用中指抬了一下眼镜。

长假就这么结束了。后来，我回了一趟父母家，从堆积如山的弗拉门戈舞衣中找到了毕业纪念册，但并没有立即联系夏河理奈。不是不愿意，也不是因为觉得麻烦，而是我知道，二和美咲与我，已经彻底成了两个世界的人。她不再是我的单相思对象，也不再是与我天天见面的同学，只是一个与我毫无关系，就读于附近一所学校的女高中生。

　　小时候，一旦发现什么神秘现象或事件，我就会认为自己即将开启一场伟大的冒险。就像自己进入了现实版的《夺宝奇兵》，或是化身为遇见了西塔的帕祖①一样。可到了现在这个年纪，一切冒险都不如眼下的工作重要，说起来还真是挺可悲的。我再怎么努力找出二和美咲留在十八岁的原因，也不可能因此涨一分钱工资。相反，如果因此怠于工作，我还可能惨遭公司的处罚。要是哪天有时间，倒是可以顺便拐过去把毕业纪念册交给夏河理奈。在那之前，我不打算再在这个问题上花费精力了。我有我的生活，就像现在的二和也有作为十八岁高中生的生活一样。

　　但是，不久后发生的一件事，轻而易举地就让我改变了这个决定。

　　因为长假过后，我又一次在站台上看到了二和美咲。

　　其实一直到上个月为止，我乘坐的都是更早两班发车的电车。不过最近考虑到意气风发的满平誓要做最早到达营业所的人，我才故意推迟了乘车时间。这才在那天看到了毕业后就不曾见过的二

---

① 宫崎骏《天空之城》中的人物。

和。换而言之,只要我每天都乘坐这趟电车,每天都能在对面的站台上见到二和。

和上次一样,二和今天也站在等车队伍的最前面。她穿着校服、背着书包,怎么看都是个高中生。

果然,一看到她,我就有些失去理智了,就像有一种莫名的力量在搅动我的胸口。虽然夏河理奈跟我解释了很多,但那些理由都不足以让我接受。因为她的样子实在太让人匪夷所思了。

但我知道,我的困惑和疑问,已经开始从这一现象本身,逐渐延伸至了二和其人。为什么你会选择十八岁呢?她现在的模样,其实已经不能用幻觉或是虚幻来形容了,而更像是被时间所束缚。

回过神来时,我已经大步跑了起来,连我自己都很惊讶于这个决定。我穿过人群,冲上自动扶梯,一路上还因为撞到旁人的肩膀而低声道歉了好几次。一到钝行电车的站台,二和的背影就立刻进入了我的眼中。我喊了一声她的名字。正在排队的二和听到我的声音后震惊地转过身,一脸担心地看着气喘吁吁的我。我从小就不擅长运动,进入公司后更是忙得根本没有时间锻炼。

"二和,你为什么还是十八岁?"

她像是没听清我在问什么似的,歪着头疑惑地看着我。于是我再次礼貌地问了同一个问题,她这才用一副不以为意的样子,指着铁轨的方向对我说:

"电车来了。"

"你坐下一班也来得及,先回答我的问题。"

二和拗不过我,只得从排头走了出来。排在二和后面的女人一边往前走,一边在我和二和的脸上来回观察着,大概是想弄清我们之间的关系吧。

二和问我怎么会在这里,我告诉她自己刚刚是在对面的快速站台上,看到她后才走了过来。二和了然地点点头,接着微微开口道:

"我害怕长大。仅此而已。"

"就这样?"

"是的。可以了吗?"

"……真的是这样吗?"

"你到底想问什么?"

我还是决定隐瞒夏河理奈找我的事情。我不想因为自己的无心之言,导致两人不欢而散。"还有别的原因对吗?比如……"

"比如?"

"……比如,一些和爱情有关的事。"

"你跑过来就是为了问这个?"她的脸色变了一下,虽然转瞬即逝,但还是被我捕捉到了。我分明看到她脸上完美的笑容微微颤抖了一下,随即又立刻恢复了,快得就像什么都没有发生过一样。

"和你无关。你该去上班了,要是迟到了会挨骂吧?"

"跟我说实话。"

钝行电车抵达站台,下车的乘客被陆续推出了车门。与此同时,上车的乘客也被挤进了电车,后面逐渐形成了一条新的等车队伍。这期间,二和都沉默着没有说话。于是,我换了一个提问方式:"你打算在高中读多久?"

"多久？"

二和淡然一笑，很快就说出了答案。

"一直读下去啊。"

我反复琢磨着这句话。一直读下去……听到这句话后，我终于明白了。刚刚，我应该是有一点愤怒，所以才会从对面的站台一路跑到了这边。但不是那种想要大喊大叫或是教训人的愤怒。准确来说，就像眼睁睁看着茂密的大森林被大火一点点吞噬时那样，感到沮丧、悲伤，最终变成愤怒。

"我不知道该怎么说。不过我觉得你应该走进十九岁。"

"为什么？"

"我说不清楚。但我总觉得你一直这样不好。如果可以，我希望帮你走进十九岁。只要我能帮得上忙，我一定会尽力帮你的。"

"少管闲事。"二和的语气就像是在教训孩子，"不要试图照亮黑暗。黑暗就该是黑暗，这样才会让大家都快乐。"

"你想说什么？"

"我想说，一个上班族大叔干涉女高中生的私生活，说出去可不怎么好听呢。"

"你真的不愿意告诉我，你一直停在十八岁的原因吗？"

二和没有说话。

"那我就自己查。"

"变态。"

"我真的希望你能长大。"

二和盯着我看了好一会儿，像是在做什么取舍。我猜不出她在想什么。也许单纯只是希望通过制造沉默来让我改变主意。也太小看我了吧。要是高中时期的我,也许会如她所愿,但现在的我可没那么好忽悠。我既没有因为二和的眼神而动摇,也没有像当年那样,在重要的时刻选择逃离。

我们就这么对视着,一直到下一趟钝行电车入站前的广播响起,二和的脸色才缓和了下来。

"行。随你便好了。"二和的神情一如当时,我差点就笑出来了。

"请听好,无论你做什么、怎么做,我都会一直停在这个模样,一直都是十八岁,一直是个高中生。这是一个永远不变的决定。不会因为你对我有多少了解而改变。不过,我还有最后一件事要告诉你,请一定要听好。"

二和说着,迈着轻快的步伐走进队列,露出漂亮的牙齿道:"扣子、扣子。你忘了系扣子了。"

趁着我系扣子的空隙,二和钻进了电车中。我叹了一口气,果然,无论过多少年,我都永远追不上她。

九度目の十八歳を迎えた君と

夏河理奈曾说过，学校的老师们似乎并不觉得二和一直停留在十八岁是什么奇怪的事情。夏河理奈本人也是如此。而现在，就连满平也这么觉得了。从既有的少量信息来看，只要跟她有过接触的人，哪怕是满平这样只是远远看过她一眼的人，都不会再对她的年龄有任何质疑了。这背后，一定隐藏着某种看不见的力量。只不过我有一种预感，别说现在了，恐怕我这辈子都不可能看清那股力量的真面目。

"啊,新闻部。你们忘记还钥匙了吧?"

时间已过晚上七点,虽然刚过清校时间,但旧校舍的走廊已被一片深蓝如海底的黑暗所笼罩。几乎所有学生都已出了校门,所以校内一片寂静。那是即将迎来文化节的九月。

我很快就认出声音的主人是那个叫二和美咲的女孩,暑假前我们曾在国际交流部有过一面之缘。这是个令人难忘的声音。当时我正走在新旧校舍间的二楼空中走廊上,听到这个声音后连忙回头看了过去。二和美咲正从国际交流部的方向走来,脸上挂着美丽的笑容。她肩上背着书包,大概也准备回家了吧。

"你是新闻部的对吧?那天还帮我拿了社团活动介绍问卷过来。"

我点点头。我当然记得她,只是想不到她居然还记得我。这让我感到非常开心。

"你们是不是忘了还钥匙了?估计已经好几天了吧。"

"钥匙?社团活动室的钥匙吗?"

"对啊。"

"……要还到哪里去?"

"你从来没有还过钥匙吗?"

我有些忐忑地点点头,不太明白这个问题有多严重。于是她告诉我,使用社团活动室前要先去教师办公室取钥匙,用完后必须归还。教师办公室进门后的右手边墙上挂有一个钥匙箱,新闻部的钥匙也要放在那里。

"我看新闻部放钥匙的地方已经好几天都是空的,就猜想应该是还没还回去。刚刚我去还钥匙的时候,发现你们那边的钥匙还没挂回去。"

显然,她是先把钥匙还回教师办公室,然后再返回来取事先放在社团活动室门口的书包的。

"这书包太重了,我可不想一直提着。"她的笑容就像宝石碎片一般,在黑暗的教学楼中熠熠生辉。

"最近很多社团都不还钥匙了,不过你还是跟社团里的人说一声比较好。毕竟这是学校的规定。而且前几天,我还听说小林骂了某个社团呢。"

"小林……是副校长?"

"嗯。就是那个白头发的。"

我点点头,我可不想被骂。宁可错过五个朋友,也不树敌一人——这是我当时的人生信条。我可不想因为一点小事而被人注意。

"新闻部也会活动到很晚吗?"

"呃……嗯。"我微微歪着头点了点,"算是吧。"

"为了写文化节用的报道?"

"不是的……那个已经写完了。"我含糊地答道,"不过,还有其他的。"

她只是"嗯"了一声,就没有再问下去了。我暗暗松了一口气。无论她再怎么问,我也说不清新闻部现在到底在忙什么。

文化节都还没到呢,完成了墙报的学长学姐就已经准备交接工作了。由于社团里本就没有高二的成员,所以我们这些高一学生早早地就成了中坚力量。社团成员名单上,共有四名高一学生。除了我之外,还有在活动室里见过几面的大川,以及两个我几乎记不住长相的同学——泉和山元。我和他们大概只会在拍毕业照的时候见上一面吧。每年文化节期间,他们都会委托顾问提交一份极为粗糙的手稿,而他们本人则从不曾在活动室中露面。就是大家常说的那种幽灵成员。看着寥寥无几的下属,中愿寺学姐也只能通过排除法将部长的重担交到我的手中。

"我觉得应该也没什么特别要做的事情,接下来就交给你啦。"

从中愿寺学姐手中接过活动室的钥匙时,我不由得露出了笑容。虽然有些天真,但我是真的很开心。即便是被学姐通过排除法后选定的接班人,即便我接手的只是个微不足道的小社团,也完全没关系。毕竟这是我人生中第一次被人委以重任——这就是我当时的心情。

现在回想起来,青春期的心理真是简单,可对当时的我来说,却比世上的任何其他事情都要复杂得多,就像机械表的内部结构,或是未知分子的结构式。尽管我知道自己身上没有优点,也依旧幻想着能有所改变。每当我见到有人迎着万千掌声在体育馆的舞台上领奖,或是体育部成员挎着一个写有校名的大运动包穿过校园,或是放学后听见音乐室中传来管乐器的调音声时,都会觉得自己活得毫无价值、毫无意义。你有过什么热爱的事情吗?你要碌碌无为地度过此生吗?

当时我有两个关系很好的同学,一个叫伊佐,一个叫卡布。不过这与二和美咲并无直接关系,也就不做过多说明了。毕业多年后,我与他们也保持着一年碰面几次的关系。上学的时候,无论是吃午饭还是课间时间,我们三个都几乎形影不离。他们虽然也没有什么伟大的梦想,但至少还是有些爱好的。天天和他们待在一起,我变得更自卑了,因为我是个连爱好都没有的人。

而我这样的人,居然坐上了新闻部部长的位子。接过钥匙后,我当即就开始思考起将来的工作计划。对!我要把新闻部打造成学校重点社团——要是当时我能想到这个目标,那多少还算有些建设性。可惜当时的我既无行动力,也无领导力。现在想起来着实有些可笑,当时的我做出了一个严肃的决定——首先,每天放学后都要去社团活动室!既然我们是新闻部,那就每天坐在里面读报纸吧。故事,就从那一刻开始了。

我从图书馆里借来了可供学生借阅的《读卖新闻》[1],强迫自己每天在社团活动室里阅读。尽可能不放过每一个角落。

别说社团的其他成员了,就连顾问三浦老师都不曾来过。于

---

[1] 日本的一份全国性报纸。

是，社团活动室基本上就成了我的私人房间。独自一人看报纸时，我感觉自己也终于拥有了一个令人痴迷的爱好。说实话，看报纸是件极其枯燥乏味的事情。但我觉得，只要自己痴迷于此，就一定会拥有美好的未来。

遗憾的是，看报纸这项活动其实并没有持续多久。几个月过去后，就在我觉得自己好像已经厌倦了每天看报纸时，一件突然发生的小事，让我不得不将精力转移到了其他地方。后来我才意识到，这段时间的阅读其实并非毫无意义。一方面是表达能力得到了提升，另一方面则是通过阅读大大扩宽了自己的视野，无论是政治经济、国际形势还是体育方面的相关知识，我都略有了解，也为日后的销售工作奠定了坚实的基础。就像卡在后槽牙里的食物残渣，总会在你以为自己已经遗忘的时候突然掉出来。平时积累的知识也会在意外的时候脱口而出。人们永远不知道现在的决定会对未来产生多大影响。

就像那天清校前，我一直坐在社团活动室里看报纸，后来听完二和美咲的话，才连忙赶去教师办公室归还钥匙。我可不想因为管理不善而导致活动室被收回。

教师办公室和鞋柜①都在新校舍内。这就意味着，我要和她一起去新校舍，我顿时有些手足无措起来。一路上，我紧张得一句话也说不出来。她似乎察觉到了我的窘迫，便十分自然地挑了话头。比如问我为什么要加入新闻部，准备把文化节的墙报贴在哪里，现在

---

① 这里指进校门时换鞋用的鞋柜。

社团里一共有多少成员，等等。我的每个回答都只有寥寥几个字，不禁暗暗恨自己真是没用。哪怕多说两句，至少也能给她留下个好印象。

"……那个，二和同学为什么要加入国际交流部？"我也不知道自己怎么就成了提问的人。

"哦，你还记得我的名字啊。"

虽然我什么也没做错，但还是不由得慌张了起来，便连忙解释道："……之前，你说过的。"

"谢谢。"她似乎察觉到了我的慌乱，笑容中带着一丝狡黠，"我将来想做个翻译。"

"翻译？"

"嗯，英语翻译。"她望着走廊的尽头，"我很期待能和来自不同国家的人交流。加入国际交流部，也是觉得应该多少有些帮助吧。"

我点点头。果然，有梦想的人总是那么耀眼。

走到新校舍前的楼梯口时，她突然停下了脚步。往下走，就是鞋柜了。

"要不我陪你一起去教师办公室吧？"

"嗯？"

"我猜你应该不知道钥匙箱在哪里吧？"

"啊……"

"而且，那边那么黑，你一个人走不害怕吗？"

她指着走廊的前方说道。只有尽头的教师办公室里漏出了微光，其他地方都几乎已经被黑暗所笼罩。

"每次走这条路，我都有点害怕。"

"……你刚才还挺正常的呀！"

"旁边有人陪着就不那么怕了。"她苦笑道，"一个人的时候还是有点怕的。刚才过来的时候，我也是先把走廊里所有的灯都打开了。"

老实说，我很想让她陪我一起过去，还完钥匙后，说不定还能顺路一起回家呢。但我又觉得让她陪我是一件很丢人的事情。我可不想被她误会成找不到钥匙箱，或是害怕走夜路的人。这种毫无意义的自尊心，让我失去了一次宝贵的机会。

"我没问题。"

"是嘛……"她笑着打开墙上的电灯开关。刹那间，通往下层的楼梯上灯火通明。

"那就再见啦！"

"再见！"

她下楼后，我也向着教师办公室走去。走过空荡荡的走廊时，我才终于意识到自己有多傻。我本可以和她多说几句话，本可以与她更熟稔些。胃里突然出现了一种灼烧般的痛感。她还在楼梯上吗？或者已经站在鞋柜前换鞋了？但我觉得，她应该还没有走出学校。我一边猜测着她身在何处，一边加快了脚步。

也许还来得及。

不知不觉间，我已经全力奔跑了起来。我气喘吁吁地跑进教师办公室，并立即找到了钥匙箱。将钥匙挂在写有"新闻部"的位置后，为了不让老师们起疑，我努力克制着走了一段距离，没多久便又沿着走廊继续冲刺起来。就连体育课上，我都没跑得如此疯狂过。

回到分开的地方时，楼梯上的灯已经灭了。但我没有放弃，依旧全速跑下了楼梯。也许她还没走……我喘着粗气在鞋柜附近环视了一周，却没有找到二和美咲的身影。我这才终于死了心，垂头丧气地换上了户外鞋。走在通往校门口的地砖上，我反复安慰着自己——

没关系，我们一定会在某个地方再相遇。不用这么绝望！

当时的我并不知道，这是我与二和美咲在第一年里的最后一次见面。

我把车停在校门前，然后马上打开危险指示灯。

快到放学时间了，不过地砖上还没有出现学生的身影。我从包里拿出毕业纪念册，递给坐在副驾驶座上的满平。满平略带嫌弃地翻看着照片。

"……咦，这是你吗？"

"很奇怪？"

"倒也不是，怎么说呢……就是觉得和你现在的气质有点不一样。"

"那时看起来很傻，是吗？"

"不是，嗯……我也说不清楚。"

他说得对。哪怕是我自己现在翻看当时的照片，也会觉得丢人。简单来说，就是有点土。直到进入大学后我才意识到，只要选择合身的衣服，理发的时候选择美容院而非理发店，就能让人看起来焕然一新。就比如，只要将头发梳到后面，露出额头，看起来就会显得更阳光了。

"行了，别看我了。你看这个，这个就是二和美咲。"

满平有些敷衍地点了点头，用一种无奈的眼神看着我。间濑前辈，你能不能别纠结这件事了？非要这么较真吗？——我分明从他的眼中读到了这些信息。

"你的意思是，那个叫二和的人，现在还在这所学校读高中？"

"你是不是不信？"

满平犹豫了一下，还是老实地点了点头。

"是的，这根本不合理嘛。"

我点头。于是，我们决定在校门口等二和出来。大约过了十分钟后，满平表示想回营业所，我当然没有同意。不多久，二和美咲和夏河理奈终于一起出现在了校门口。我赶紧拍拍满平的肩膀，然后指着二和的方向。她沿着人行道慢慢走着，并没有注意到我们。

满平低头看了一眼照片，然后看向二和。他眯着眼看了好一会儿，为了看清她的脸，其间还不停地转动着身子。就这么呆呆地、一言不发地看着，不知道的还以为他是在看斑嘴鸭过马路呢。

"看到了吗？"等二和的身影完全消失后，我开口问道。

"看到了。"满平迟迟没有从窗外收回视线。

"我怎么都想不明白，怎么可能会有人一直停留在十八岁的年纪，这也太不合理了。衰老这件事，对每个人来说都是平等的。所以我觉得二和现在这个状态，显然是很不正常的。你说呢？"

"嗯……这个嘛……"满平看着我，神情严肃地轻轻点了点头，"既然亲眼看到了，也就只能承认了。"

"什么？"

"这个世上，真的存在冻龄人。"

"可你刚刚不是还说不合理吗？"

"可是我亲眼见到了啊。"

"那你现在不觉得奇怪了吗？"

"我只是觉得罕见而已。"

确定满平不是在开玩笑后，我松开了侧制动器。

"你给了我思路，谢谢。"

"……这就够了？"

"是的，这就够了。"

我发动了车子，往营业所的方向开去。

夏河理奈曾说过，学校的老师们似乎并不觉得二和一直停留在十八岁是什么奇怪的事情。夏河理奈本人也是如此。而现在，就连满平也这么觉得了。从既有的少量信息来看，只要跟她有过接触的人，哪怕是满平这样只是远远看过她一眼的人，都不会再对她的年龄有任何质疑了。这背后，一定隐藏着某种看不见的力量。只不过我有一种预感，别说现在了，恐怕我这辈子都不可能看清那股力量的真面目。

如果真是这样，那就出现另一个问题了——

为什么只有我一个人觉得二和留在十八岁这件事不合理？

九度目の十八歳を迎えた君と

她的反应是正常的。满平亲眼看到现在的二和——停止生长后的二和——后,就不觉得这是什么奇怪的事了。那么,即使是像真锅这种曾与二和相处过的人,在亲眼见到现在的她之前,应该也不会出现认知变化。异常之事,始终是异常的。

周一这天，夏河理奈告诉我，她找到了真锅桂子的联系方式。

前几天我给夏河理奈打过一个电话，告诉她自己愿意帮这个忙。她听完，略有些兴奋地说了声谢谢，随后就与我商量了各自的工作内容。我需要整理出一份高中时期与二和关系较好的同学的名单，然后她会通过社交网络和搜索引擎来找出这些人的联系方式。等到联系或是需要见面的时候，我再出面。此外，她还希望我一旦有所发现，就尽快通知她。我同意了她的提议，放下电话后就立即打开了毕业纪念册。在我的记忆中，与二和为何会一直停留在十八岁有关的内容实在太过零散且单薄。所以，我想找到一个熟悉二和的人仔细问问。

我努力回想着高二和高三这两年间，二和都在做些什么，但几乎想不起什么有用的信息。女学生们，无论关系好坏，都喜欢在班级里搞小团体。所以经常听到谁是这个组的人，谁又离开了这个组，现在成了那个组的人之类的话。

可我并不知道二和当时到底是属于哪个组的。她好像经常和森本玩在一起，但我又隐约记得她经常和藤泽走在一起。但我可以确定，森本和藤泽从来没有一起出现过。从表面上看，二和似乎是一个与谁都能友好相处的人，但我觉得真正的原因应该不在于此。虽然这只是我的猜测，但我觉得或许这正说明了二和的心根本不在班上，而是在国际交流部。

因为她总是一下课就跑到社团活动室去了。她似乎把大部分精力都放在了社团活动上，平时也不太与同学交往。若果真如此，那我要找的就不应是她的同班同学了，而是国际交流部成员。

打定主意后，我打开了社团活动的介绍页面。就连新闻部的照片里，连成员带顾问的，好歹也站了五个人，结果国际交流部的照片中居然只有三个人。分别是顾问网泽老师、二和，以及真锅桂子。

我和真锅是高一时的同班同学，但说实话，我根本不知道她是国际交流部的成员。准确来说，是根本想不到。因为她的形象，实在没法让人和国际交流部联想在一起。她平时打扮得就像个摇滚明星。

我上高一的时候，iPod或是MP3播放器之类的东西还没流行起来。如果想在上学或是放学的路上听音乐，我们通常用的都是MD播放器。当然，这个现在已经完全被时代淘汰了。我也曾是MD播放器的用户人群。倒也不是有多喜欢音乐，只是上学和放学的路上实在太过无聊了，也只能用音乐来打发时间。我从姐姐那里继承了播放器。当时姐姐用她的兼职工资买了一台兼容LP4的最新款播放器后，就把手里的旧款送给我了。那是台粉红色的机子，但我没有资格嫌弃。

如果不使用压缩功能，一张MD的储存量大约等同于一张CD。所以，我以前上学时总会随身携带一个小布袋，里面放着好几张MD。我常听的是松任谷由实、安·刘易斯、杏里，以及中森明菜的歌，之所以选的大都是上一代的女歌手，其实也是取决于当时的经济状况和我母亲的爱好。对没有兼职工作的高中生来说，无论是租用还是购买CD，都是一笔不小的开支。要是没有特别喜欢的歌手，那就更不愿意花这笔钱了。所以就只能把妈妈放在家里的CD刻录成MD来听了。虽然也可以找姐姐借CD，但她听的都是些小众、激进的视觉系乐队的音乐[①]，当时的我实在不感兴趣。

"你在听什么？"

我怎么也想不到，这居然是真锅桂子对我说的第一句话。我记得那是我们刚换座位不久后发生的事情。新换来的同桌女孩，给我的第一印象就是"非常可怕"。首先，她的目光就像一把放在冰柜里冻了好久的刀子那样冰冷、锐利。我甚至已经开始认真思考被她霸凌的情景了。喂，同桌，拿点钱给我——要是哪天她这么说，我大概会乖乖地将身上所有的钱都递过去吧。

而且她每天都会背着吉他盒来学校，这也让她看起来更可怕了。我每天都在想象着她在舞台上尖叫、砸碎电吉他的场景。虽然她并没有那么做，但在我的想象中，她的两只耳朵和鼻子上都戴着

[①] 视觉系乐队（Vision Rock Bands）的音乐风格多样，不拘泥于单一形式。它们通常将音乐与视觉效果紧密结合，通过夸张的化妆造型、独特的舞台表演以及精心设计的舞台装置和照明效果来诠释音乐世界。这些乐队在音乐上可能涵盖流行摇滚、工业摇滚、重金属摇滚、古典／巴洛克式摇滚等多种风格，甚至在同一支乐队中也可能兼有好几种音乐形式。

银环,怎么看都是个很可怕的人。卡布倒还好,伊佐则和我一样,一看到真锅就恨不得逃得远远的。"间濑,小心你的小命。"他们都对我这样开玩笑,但我却不觉得那是玩笑。毕竟真锅往那里一站,就会散发出一种威严感。

所以我才会在听到那句话后惊得瞪大了眼。我拿着耳机愣了好一会儿,才小心翼翼地问了一句:"啊?"

"哦,我就是想问问你在听什么。总不会是英语听力吧?"

"……嗯。"我不知道该怎么回答,不过也没有必要撒谎,便如实答道,"松任谷由实。"

"由实?"

"……是的。"

"男高中生也听由实的歌吗?"

"嗯,是的。"

"很好呀!"

到底哪里好我也不太明白,但被称赞了,心情就是好。

"没关系。要是你听的是橘子新乐团①,我估计就会杀了你。"

好险……就在我暗自庆幸时,真锅提出想看看我的MD袋。虽然我听的MD都有些过时了,但在热衷于乐队音乐的真锅看来,似乎反而成了些新鲜的东西。她立刻用自己的播放器听了起来,并且在那天放学后还问我借走了四张MD。

---

① 日本的一个乐团,由平均年龄不过十九岁的六个冲绳少年组成,成立于二〇〇二年。

"我之前小看了这类型的音乐了，还挺不错的。对了，你叫什么来着？"

"间濑。"

"间濑，你的品位真不错。"

"……谢谢。"

"我会尽快还给你的，拜托啦。"

当然，她一直也没还给我。仔细想想，我这也算是被她霸凌了吧？但我并不打算追究。除了害怕她之外，更重要的是，我觉得自己的MD能被她看上，也算是件值得骄傲的事情吧。反正家里还有原版CD，再刻几张MD也不是什么难事。而且，我的音乐品味居然得到了一个背着吉他盒的人的认可。

真锅把我的MD放进自己包里后，笑着对我说道：

"作为感谢，我让你听点劲爆的音乐吧？"

我还以为她是打算将自己的MD借给我听，结果她拿出的是居然是一张宣传单。上面写着，文化节期间，会有一支名为MSP的乐队来体育馆表演。

"一定要来听听哟。"

太棒了！我一开始觉得，那肯定只是某个高中生乐队的业余演出罢了，不承想呈现出来的简直堪称音乐盛宴。如果非要细究，她们的表演中当然还是存在一些不成熟的地方，但我可看不懂那些。再说了，从完美调动现场气氛这一点看来，她们已经很好地完成了"音乐家的使命"。所以，我觉得她们绝对担得起"专业乐队"的称号。MSP是真锅声音计划①的缩写，是一支以真锅桂子为中心，主要展现真锅桂子魅力的乐队。乐队成员应该共有四人，分别是主唱兼吉他手、贝斯手、鼓手，以及键盘手。所有成员都是女生。最难能可贵的是，她们从不会为了抢风头而争吵。

第一首是东京事变乐队②的《群青日和》，第二首是The Blue Hearts乐队③的《我的右手》，最后一首则是她们的原创歌曲。一般而言，观众在听到陌生的歌曲时大都会觉得兴致索然，但她们却颠覆了我的认知。最后一首原创歌曲响起后，体育馆内顿时沸腾了，就连我也不由得被深深地吸引了。歌词略带几分稚气，但也正因如此，才能完美击中同样稚气未脱的少男少女们。那种写有歌词的宣传单，被我放在高中回忆录中，与那本纪念册一起放进了衣柜。那首歌的歌词是这么写的：

我想看看不该看的东西　也只想看本不该看到的东西
想做梦　想看赤裸的生命　想看醉酒的暴力
我想看看不该看的东西　也只想看本不该看到的东西
但我看不到　我多想不顾一切做个坏人
明天依旧要上学　依旧要被教育成一个平庸的人

---

① 英文全称为Manabe Sound Project。
② 日本的一支乐队，成立于二〇〇三年，于二〇一二年解散，二〇二〇年宣布复出。
③ 一支日本朋克乐队，成立于一九八五年，一九八七年以单曲《琳达琳达》出道，于一九九五年解散。

把泪水撒进秋天的星空　今天的我们也要忍着泪水

虽然现在看着歌词也记不清那首歌的旋律,但我仍然清晰地记得当时的气氛,或者应该说是记得音乐人们口中所说的"节奏"。真锅没有砸吉他,但她的歌声高亢、热情。真是一场精彩绝伦的表演。

插句题外话,当时我们的墙报就贴在新闻部活动室的门口。在我那篇怀揣满腔热情精心打造的禽流感报道旁,是一篇由三位前辈共同撰写的报道——《关于铃声网站的比较》,内容简单、语言随性,偏偏还占用了较大的版面,简直就像在取笑我那不值一提的新闻精神。其他高一学生写的内容则大都是一些杂记,严格来说根本不配被称为"报道"。看完真锅的演出再来看这滑稽的墙报展示,说实话,当时真为自己感到悲哀。我到底在做什么?

文化节结束后,我在教室里向真锅描述了自己的观后感。我告诉她,自己很感动,也由衷地佩服她。听完我的话,真锅先是开心地嘟了嘟嘴,接着便露出了灿烂的笑容。

"哎呀!你去听了呀?我可太高兴了。对了,你是怎么知道我要去表演的?"

拥有自我世界的人,思维总在常人之上。大概这样的人才会成为专业人士吧。我打心底尊重她。

一个快三十岁的单身男人突然联系高中女同学,怎么看都有些耐人玩味。即使我有充分的理由告诉她,想问一些关于二和的事情,也一样很可能会被认为都是些借口。但如果对方是真锅,就丝毫没有这方面的担心了。说实话,如果要我联系森本或是藤泽,我肯定会犹豫很久。而真锅就完全不一样,因为我也想再见见她,单纯想再见见她。夏河理奈似乎是在前乐队成员的主页上找到了真锅的名字,继而找到了她的联系方式。据我所知,真锅似乎没有在社交平台上更新过动态,所以夏河能成功联系到她,或许更应该算是一种幸运。

周五晚上九点十五分左右,我走进和真锅约定的那家居酒屋。黑色T恤搭配一条牛仔裤,真锅果然还是曾经那个喜欢简单穿搭的女孩。高中时期就仅存无几的少女稚气已经彻底消失不见,如今的真锅浑身上下都散发着成熟女性的魅力。目光中的锐利,也更甚从前。

看到我后,她微微举起右手示意。举止随意,让人根本想不到我们已经数年不曾见面。我一坐下,她就喊来服务员点了两杯生啤,丝毫不理会我的意见。这才是真锅该有的模样!虽然她今天没有背吉他盒,多少会让我觉得有些遗憾,但我很确定,眼前的人就是当年那个天天和我坐在一起的真锅。

"在公司上班?"

我是下班后直接过去的,所以身上还穿着西装。

"在一家印刷公司做销售工作。"

"你这个平时都不敢大声说话的家伙,居然去做了销售工作?"

"其实,越是不会说话的人,越适合这份工作。其实销售工作的重心不在于说，而在于听。再说了，我的口才也比过去好很多了啊。"

真锅笑道："还真是，你变了很多，我刚刚就差点没认出你。"

"人都会长大的嘛，我还把头发给剪短了。"

"不是，这些都是小问题。怎么说呢，就是感觉稳重了，神态也和以前不太一样了。是长高了吗？"

"嗯，我当时可能有点驼背吧。对了，你现在在做什么？"

"卖CD。"

果然做到了啊！我发自内心地为她感到高兴。仔细听完才知道，她是在一家百货商店的CD柜台卖CD。我的脸上是无法掩饰的同情和失望。

"就差一步了。"真锅一边喝着啤酒一边说道。

"虽然之前只是地下乐队，但也有独立制片人找我签约，后来也发行过几张唱片，但也就仅此而已啦。"

真锅面前的啤酒杯很快就空了。

"眼看着比我更年轻、更有才华的人不停涌现出来，曾经的骄傲自信突然就消失不见了，就像梦想的泡沫突然被人戳破。从那时起，我就对一切都失去了兴致，演奏也好，唱歌也罢，我没有力气再创作出什么新的东西。我觉得，自己果然还是天赋不足啊。"

我不知道该说些什么。

"不过呢，卖CD其实也是个不错的工作呢。站在柜台前，我看到了音乐界中供需关系的缩影，这很有意思。有些事，只有从那种强烈需要被认可的压力中走出来后才能看到。我对现在的生活很满意。"

"……CD，卖得好吗？"一旦感觉气氛不对，我都会习惯性地把话题转向经济，算是销售人员可悲的职业习惯吧。

"很不好。只有带特典①的偶像唱片才能卖得出去。现在的歌迷都很忠诚，会同时买初版和普通版。所以我也一直在想一个问题，音乐人真的只是靠卖音乐讨生活吗？应该还有些其他东西吧。要是单纯想听歌，下载一首歌的价格甚至都不到三百日元。费那么大劲，就为了赚三百日元吗？我实在不明白，就是觉得又好笑，又可悲……算了不说这个了。对了，你想找我说什么？你说二和怎么了？"

等到店员上完大部分菜品后，我们也决定进入正题。我只在邮件中简单说了想找她聊聊二和的事，而没有具体说是关于她的年龄问题。我突然不知该从哪里说起，索性就想到哪儿说哪儿吧。

"毕业以后，你见过二和吗？"

"没有啊。"真锅往嘴里塞了一大口鸡蛋卷，"好烫。"

"其实二和她现在还在读高中，而且不是因为留级，是因为她一直都停在十八岁。"

"啊？"真锅一脸震惊。

"一直都没长大。"

"……你是想说什么？"

---

① 指特定的优惠或赠品。

"你没听明白吗?"

"你想让我怎么明白?"

她的反应是正常的。满平亲眼看到现在的二和——停止生长后的二和——后,就不觉得这是什么奇怪的事了。那么,即使是像真锅这种曾与二和相处过的人,在亲眼见到现在的她之前,应该也不会出现认知变化。异常之事,始终是异常的。或许,包括真锅在内的曾经的同学们,都会和我一样,即便见到她也不会改变想法。我的脑海中浮现出了几种可能性,但我现在并不打算对这些事进行深入研究。好在真锅还和当年一样,对他人的事情一向没多大兴趣,所以只要我稍微转移一下话题的焦点,她也就不会再多问什么了。

"二和她应该是在高中时代留有一些遗憾——或是受到了某种创伤吧。但她似乎不愿意告诉我们,你有什么线索吗?"

"你怎么突然关心起二和了?"

"一时之间也说不清楚。"我对着正打算续杯的真锅的侧脸说道,"会不会是和爱情有关的问题?你知道她当时有没有男朋友,还有对方是谁吗?"

"男朋友?"真锅摸着渐渐泛红的脸颊摇了摇头。

"这个我就不知道了。虽然我也不太确定,但她应该没有男朋友吧。她看起来不像谈过恋爱。虽然二和似乎很受男生欢迎,但我总想象不出她穿着校服谈恋爱的模样。嗯,总之,我也不知道。不过你怎么会找我问二和的事情呢?我跟她一直都不在一个班啊。"

"但你们当时都是国际交流部的成员吧?"

"嗯?哦,你是这么想的啊。"真锅用力挥了挥右手,"我当

077

时也就是个挂名成员而已啦。你不会觉得我会参加那些无聊的活动吧？我就是那种幽灵成员啦。"

"……那种精英社团里居然也有幽灵成员吗？"

"只要加入俱乐部，就不会被人指责啦，我当时就加入了轻音乐俱乐部。说到那个国际交流部啊，我原以为既然叫这个名字，至少也会定期去欧洲交流交流吧。进去了才发现，他们做的那些事也太无聊了吧。要是有意思的活动，我也愿意参加啊，但他们那些活动，实在是让我提不起半点兴趣。所以我去了几次就不去了，后来就完全成了幽灵。"

"这样啊……"

我顿时泄了气，真锅这里是没有什么有用的信息了。我这才喝完自己的第一杯啤酒。我刚刚一直控制着不让自己喝醉，现在想想真是有些多余。我重新点了一杯啤酒，真锅也同时点了一杯发泡酒。

"从头到尾，只有顾问骂过我一次。"

"顾问……网泽？"

"是啊。"真锅吃着毛豆继续说道，"她说，轮到国际交流部捡垃圾或是打扫卫生的时候，你好歹也过来帮帮忙啊，既然是部里的成员，偶尔也要尽点责任吧！那就是个疯女人，对吧？"

"哈哈，反正看起来不是个好相处的人。"

"那个女人就是突然发疯的。那种人都能结婚，这个世界是疯了吧。你说她丈夫是怎么想的啊？"

真锅越说越生气，用筷子在花鲫鱼的身上胡乱戳着。

"哦……我想起来了,要说二和的恋爱问题嘛,倒是有个人沾得上边。"

我连忙坐直了身体:"哪个?"

"东向二和表白过。虽然最终还是失败了。"

"东……就是那个吗?那个……"

"东连太郎。"

我觉得自己有些醉了。我记得他,长得还挺英俊的。原来他也喜欢二和啊。有力竞争者的出现让我不由得心头突然一紧,不过听到真锅后面那句"失败了"后,我又顿时松了口气。都过去这么多年了,真不知道自己还有什么可慌的。

"有一天,他来找我,说想向二和表白。要是当时他让我代为表白,我估计会把他撕成碎片。结果他问的居然是应该在什么时候表白比较好。还真是个有意思的人。"

听到这里,我在笔记本的角落写了一句"东连太郎,对二和表白过"。

"嗯,对于二和的感情问题,我知道的也就是这么多了。其实说起来,那个人不是对二和更了解吗?……叫什么来着?小田岛?小田桐?不太记得了……那个名字。"

"小田岛?"

"就是国际交流部的那个人。"

"学姐吗?"

"和我们同年级的,跟二和关系很好。"

"可是毕业纪念册里,只有你和二和的照片啊。"

"咦？是吗……这是怎么回事？不过肯定不会错的。据我所知，当时的社团成员包括松永、山中两个前辈，偶尔出现一下的是网泽的弟弟，然后就是我们同年级的小田岛……不对，我想起来了，是叫小田桐，她好像和东也玩得很好。是个总以学霸自居的女生。"

在"东连太郎"的旁边，我补充了一句"一个叫小田桐（或小田岛）的同级生"。

"说起来，你没有什么线索吗？"真锅用筷子指着我，"除了高一那年外，你都和二和在同一个班吧？你不是应该更了解她吗？"

我选择无视她的问题。或许，我不该说自己毫无发现。只不过我觉得没必要现在告诉真锅，而且我也不想主动对其他人提起那些事。或许那都只是我的错觉罢了。"承诺"这个词就像加湿器中喷出的蒸汽一样，在我脑海中停留片刻，很快就又消散不见了。我喝了一大口酒，仿佛想要借此摆脱那些挥之不去的记忆。

"话说回来，怎么一有什么大家都会觉得是恋爱问题啊？我完全搞不明白。"

"搞不明白？"

"都什么鬼嘛。"

我刚才就觉得她有点奇怪，原来是喝醉了。很显然，都开始说胡话了。出社会后，我倒是和大学同学们一起喝过几次，但还从未和高中同学喝过酒，所以一直想象不出他们喝多了会是什么模样，

今天才算真正见识到了。虽然还挺有意思的，但要是她耍酒疯

了,我还真不知道该怎么办。真锅恶狠狠地嚼着鳐鱼翅[1],接着就开始愤愤地表达起了自己恨嫁的心情。我要结婚……谁快点把我娶走啊。难怪刚刚说到网泽老师都已经结婚的时候,她会那么生气。原以为她就是个高冷的摇滚音乐家,没想到还有这么出人意料的一面。

"三十岁之前!三十岁之前我一定要完成!"

"有男朋友了吗?"

"哪有!"

"……那可就没希望了。"

"哈?!没希望了?我还有时间呢,蠢货!你不结婚吗?你没有女朋友吗?"

"还没女朋友,不过结婚嘛……"

或许,如果只是为了结婚,稍微努力一下就能成功吧。不过我总觉得,那种琴瑟和鸣、幸福美满的婚姻,应该和自己无关吧。算了,没必要跟一个醉鬼谈论人生观。

过了一会儿,真锅终于得出了一个结论:不能用十进制来设定界限,因为如果采用十进制,自己就必须在三十岁前结婚了。说着,她又拿起桌上的圆珠笔和餐巾纸开始认真地计算起来,想要找出能够合理推迟结婚年龄的最佳进制法。还没算几分钟呢,就又丢下纸笔拍着桌子喊道:

"间濑,我们去唱卡拉OK吧!"

---

[1] 一种居酒屋以及日本家庭常见的廉价下酒小菜。

她已经彻底失控了。偏巧这家居酒屋的隔壁就是卡拉OK厅，于是真锅就跟个来踢馆的人似的一把推开了店门。这是一家我还没去过的连锁店，所以还得先办一张会员卡。我的手有些不受控制地一直写错字，好不容易才填完了所有必要信息。我大概也喝醉了吧。

"喂！喂！间濑，你还好意思说我醉了！"

"就一个小时，一个小时后就回家。"

"你这个白痴，我是谁？我可是玩过乐队的！别想用时间控制我。像你这种人，高中三年过得就跟傻子似的。我们根本就不是一路人！"

"那就现在受会儿控制吧。再说了，我在高中的时候，也有要为之努力的事情啊。"

"你胡说。"

"真的。"

"那你当时都做了什么？"

柜台里的服务员递来两只麦克风和装有票据的塑料篮，我接过后对真锅道：

"塑料模型。"

"啊？你在胡说八道什么？"

"没骗你，我还认真做了好几个呢。那可真是……"

那是属于青春的忙碌。

事情还要追溯到高一文化节结束不久后的某一天。我们家突然收到了一大堆纸箱，约莫有二三十个吧。放学回家后，我看到客厅里堆满了纸箱，便向母亲询问那是怎么回事。

"真拿他没办法，那个人啊，简直就是乱来。"

母亲一边苦笑着，一边掏出一封信递给我。原来是京都的叔叔寄来的。其实我并不知道京都的这位叔叔和我们家是什么样的亲戚关系，只知道是我母亲娘家的亲戚，现在住在京都。平时我也都只喊他京都的叔叔。当时，他应该也有五六十岁了吧。那是个一辈子都活得十分潇洒随性的老人，现在也还健在。我快速地浏览了一下内容，里面详尽地记述了这些纸箱的来历。

京都的叔叔一直经营着一家小模型店，论年纪，这家店比我还要大上一些呢。但前一阵子，他做出了关门的决定。然后，他将塑料模型的库存和其他道具打包后，全都寄到我家里来了。

——说起来也挺离谱，据说光是处理库存就得花很多钱。所以他在信中写道：我听说间濑家盖了新房，应该还有很多空余的收纳空间吧。这些就当我送给你们的乔迁贺礼了，请务必收下。从明年开始，我们芹泽模型店就要实现一次华丽转身，变成一家充满异域风情的咖啡馆了。要是你们来京都，请一定要过来坐坐……

母亲说得没错，他还真是乱来。我母亲的娘家姓芹泽，包括我母亲在内的芹泽一族几乎所有人都是同一种性格，说好听点，是肆意洒脱；说难听点，就是旁若无人。一向我行我素，几乎从不考虑别人的想法。而我父亲那边的间濑一家，则个个都跟营养不良似的，骨瘦如柴，声音低沉含糊，不仔细听就根本听不清说的是什么。家里的亲戚们都说，我姐姐继承的是芹泽家的血统，而我则继承了间濑家的血统。

一进家门，姐姐就瞪着纸箱问母亲：

"把这个拿走可以吗？"

"拿走？放到哪里去？"

"父亲的书房不就行了，反正他也不会用那个房间。"

"嗯，我也觉得。"

我一边在心里默默地对父亲说了句"对不起"，一边和母亲、姐姐一起把那些纸箱都搬进了父亲的书房。这间从壁纸到电源插座的位置全都由父亲精心设计、布置出来的书房，眨眼之间就变成了纸箱仓库。

晚上回家后，父亲看着那个熟悉又陌生的书房，在门口呆呆地站了许久。那表情，就像看到自己精心饲养的热带鱼全军覆没。我很同情他。许久后，父亲跪在地上，打开了其中一个纸箱，里面塞满了各种汽车模型的配件。他带着虚弱的微笑，用细若蚊吟的声音说道：

"换作以前，我肯定会很高兴的。"

听到这句话，我顿时醍醐灌顶。一直到刚才为止，我都和母亲以及姐姐一样，认为这些纸箱不过是堆垃圾罢了。其实根本不是！正如京都的叔叔所言，我完全可以把这些东西当成礼物啊！不，应该说，我现在正好需要这些礼物。于是，我的脑海中出现了一个完美的计划。

"这些可以给我吗？"

第二天去上学前，我随意拿起一个马自达RX-7的盒子，又挑了几样合适的工具。路上，我拐去书店买了一本塑料模型指南，然后就钻进社团活动室里开始鼓捣起塑料模型了。

虽然我逼着自己在活动室里看了好长一段时间的报纸，但其实早已对此厌烦无比。对我这样一个没有太多求知欲的人来说，盲目地积累那些根本不知用在何处的信息，简直就像是一种暴饮暴食。带给我的，只有痛苦和疲惫。我好想得到一些能够输出自己能力的机会啊。

不得不说，真锅在文化节上的演出，对我还是产生了不小的影响。毕竟，有输出或创造性的工作，总是能给人带来成就感。无论我看多少年报纸，也追不上真锅的脚步吧。没有创造力的人，永远不会成功。

正因如此，我将目光转向了塑料模型。只要我努力制作，就一定会留下成果。而且，对我这种经济拮据的高中生来说，一项能让自己全身心投入且不用担心花销的爱好，无疑是极具吸引力的。无论是工具、涂料还是模型零件，我们家的库存数量都足以拿来开店用了——就在我父亲的书房里。

我仔细阅读了指南。我从小就习惯了无论做什么都要完全参照标准来做。玩填色书的时候，一定会完全按照样本来上色；拼乐高积木的时候，也会保证最终成品与外包装上的一模一样。塑料模型也是如此，既然做了，就要做到最完美，不允许有任何瑕疵。所以，从刀具和笔的握法、移动方法，到零件的处理方式，回路的布置，锉刀的使用方法，涂料的烘干方法，等等，全都完全按照书中的内容进行操作。

两周后，一辆纯白色的RX-7就诞生了。我很满意自己的作品，至少没有出现明显的问题，颜色也上得非常均匀。从上面往下看的时候，甚至会觉得那辆车已经蓄势待发，随时都有可能冲出去。我满意地点点头，这项工作可太适合我了！称不上喜欢吧，但也不觉得无聊。当然，做的过程中也不会出现诸如极度兴奋之类的情况。唯一能够确定的就是——我愿意继续做下去。我想要的，其实就是一个身份，一个能让自己感到自豪，能让自己昂首挺胸说"我在做这个"的身份。

上天不会亏待任何一个意志坚定的人——当时的我对此深信不疑。只有青春期的少男少女们才能出现这种幻想，所以或许也可以说是一种"青春病"吧。总而言之，我决定继续制作塑料模型。而且我相信，只要继续下去，就一定会有所成就。总有一天，会有人因为听说了我的故事而敲响新闻部活动室的门。看到一整面墙上摆满了塑料模型，他一定会瞪大双眼，一副难以置信的样子，用手捂住嘴，并露出惊喜的笑容。接着，他还会满脸敬佩地冲我说：

"你可真了不起！"

一定会有人来的。

比如，国际交流部的二和美咲。

"你可真是个傻子啊！"

无可反驳。真锅再次放下麦克风时，我苦笑了一下。男高中生就是一种愚蠢的生物。

"那个塑料模型，你现在还在做吗？"

"不做了。"怎么可能嘛……我这辈子都不可能再碰那个东西了。

大概是意识到自己可能有些酒醒了，真锅气呼呼地把菜单上带鸡尾酒字眼的东西从左边起按顺序都点了一遍。五颜六色的酒液逐一流过喉咙，她一边喝一边用美妙的歌声演绎了许多不同风格的歌曲，每一首都让人陶醉。哪怕醉了，她也依旧是专业的。真的很好听。大约三十分钟后，就在准备唱橘子新乐团的歌时，真锅突然有些激动，却还是红着脸状似无意地说道：

"这些人是有音乐天赋的，不然怎么能写出百万销量的专辑呢？"

我不由得笑了一下。人的想法果然会随着年龄的增长而改变。

在真锅的一再要求下，我只好点了一首阿明[①]的《等待》，和杏里的一首《悲伤不会停止》，其他时间则依旧属于她的个人独唱。一个小时后，真锅在酒精的作用下，已经几乎昏睡过去了。我当然不能丢下她不管。于是我半撑半拖地把她带到出租车乘车点，在司机的帮助下成功坐上了出租车。就在这时，真锅突然醒了。

"啊！我想起了一件很重要的事！间濑！你跟我回家！回我家！"

我连忙拒绝，谁知真锅竟直接一把抓住了我的领带。

"怕什么，我跟我父母住一起呢！你不会以为我看上你了吧，你也配？！这件事对你很重要！"

见司机一直忍着笑，我实在有些不好意思，只好答应了。她家

---

① 由日本歌手冈村孝子和加藤晴子组成的一支女子二重唱组合。

住得不远，不用二十分钟就到门口了。幸好真是她父母的房子。真锅让我在门口等一会儿，自己则摇摇晃晃地走了进去。五分钟后又出来了，手里多了一个TOWER RECORDS①的纸袋。

"这个，还给你。"

难道是……我打开纸袋一看，里面果然装着好几张MD。正是我高中时借给她的那些。我只能笑笑。

"刚刚听到你唱杏里的歌，就突然想起来了。你的MD我听了很多遍。谢啦。"

"是吗……可这些不是我的啊。这个蓝色的，还有橙色的……"

"顺便帮我还了吧。"

"还？给谁？"

"东。"

"嗯？"

"你会见到他吧？"真锅用力揉了揉眼睛，努力让自己清醒一点。

"你肯定会去找他的。你肯定想找他问问二和还有小田桐的事情。到时候帮我把这些MD还给他。嗯……谢啦。"

"不是，你可真能自作主张啊……我连他的联系方式都不知道呢。"

"你怎么可能不认识东？"

---

① 一家以销售音乐和音乐相关商品为主的零售连锁店。

"我们高二的时候在同一个班,其实我们还是同一所小学的,只是关系一般。所以我也不确定还能不能找到他。"

"那就把那个粉红色的交给二和。"真锅似乎根本没听进去我说了什么,"这不是借的,是她让我做的,只是我给忘了。替我跟她说声对不起,给晚了。"

给晚了?这都晚了多少年了啊!

"啊,终于都解决了。"真锅一脸陶醉地闭上眼睛,靠在自家大门上。"谢谢你,间濑。你今天简直就是来解放我的灵魂的。太感谢你了。接下来,就请继续解放其他同学的灵魂吧……这可真是太棒了。我好崇拜你啊!你的足迹将消除大家心中的执念。你真是太伟大了!"

她心情大好,索性大声唱起了The Blue Hearts乐队的《月亮轰炸机》,歌声顿时在安静的住宅区内爆炸开来。就在我手足无措之时,真锅的母亲穿着睡衣冲出来,用力将她拖回了家。然后,她的父母又对着我和另一位恰好路过的中年男人鞠了一躬。

"让你们见笑了……这孩子就跟长不大似的。"

最后,我得到了一袋MD。看着真锅走进屋后,我回到了一直在一旁等候的出租车上。默默看完全过程的司机正戴着白手套捂嘴偷笑。

6

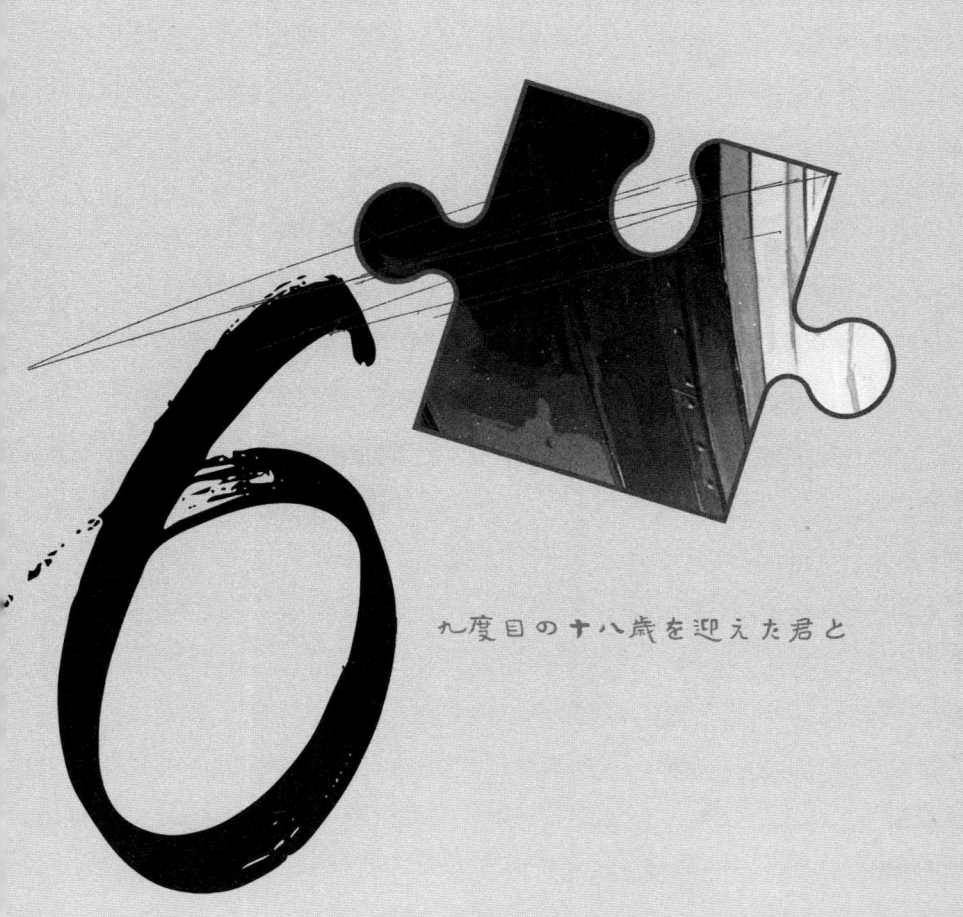

九度目の十八歳を迎えた君と

透过屋顶的缝隙望向天空，那儿果然停着一架螺旋桨飞机。盘旋于空中的螺旋桨飞机以无人能及的速度划破长空，留下一道美丽的弧线。即使到了这个年纪，我也依旧无法停止孩童般的幻想。我想象着，自己就坐在一架如钢笔般纤细的飞机上，耳边的风声犹如一只巨大的蜻蜓在振动着翅膀，银色的机身在阳光下熠熠生辉。任何敌机都追不上我。

结果，第一个发现我在社团活动室里制作塑料模型的人，既不是二和美咲，也不是哪个对此有所耳闻的漂亮女孩，而是一位头顶几乎全秃的中老年男人。

文化节结束后，旧校舍不出意外地又成了荒废之地。放学后，除了每天都很忙碌的国际交流部外，就是偶尔借着活动之名举办怪物猎人比赛的写真部，以及埋头制作塑料模型的新闻部——更准确地说是我——还有人影出没。不过，比起文化节前夕那个吵吵闹闹的旧校舍，其实我还是更喜欢这种安静的氛围。因为在安静的空间里工作，会让我觉得自己更高贵。

十二月过后，校方为提出申请的社团配备了煤油暖炉。寂静的社团活动室里，只有暖炉的声音回荡在空中。我搓着僵硬的双手继续埋头制作塑料模型，直到清校的铃声响起。到那天为止，我已经完成了五个塑料模型。我将它们全都摆在了窗边的书架上作为装饰。虽然我目前做的都是汽车的塑料模型，但当五辆汽车排成一排时，乍一看还有些像车展呢。嗯，还挺酷的。即将丧失兴趣的时候，我就会抬头看看成品，一直欣赏到心满意足为止。就这样一次一次地鼓励自己继续下去。

某天,活动室的门突然被粗鲁地推开了。听到一声巨响后,我连忙往门口看去,只见教务主任芦田老师正站在那里。啊,完蛋了——我心里一沉。在这间姑且称为新闻部的活动室里,摊着一堆与社团活动无关的塑料模型,整个房间都弥漫着一股稀释剂的味道。他肯定要好好训我一顿。教务主任在我的脸和长桌上的塑料模型间来回看了一会儿,说是因为见这个房间现在还亮着灯,觉得有点奇怪,所以才过来看看的。我已经做好了挨训的准备。

"这里是哪个社团?"

"……新闻部。"

"跟模型没关系吗?你们不是模型部?"

"是新闻部。"

"你很喜欢模型吗?"

"……是的。"

"哦?"

教务主任缓缓走进活动室,然后走向了窗边的书架。他仔细地端详着每个塑料模型,口中还不时发出"哦""啊"之类的声音。过了一会儿后,他在我面前的折叠椅上坐下,然后指着我的处女作RX-7问道:"你知道转子发动机吗?"

"……转子发动机?"

教务主任点点头,开始用一种特别的语调说起了RX-7,乃至马自达汽车与转子发动机之间的关系,包括发动机的工作原理、石墨的运用、转子声音的特点,以及这种发动机的优缺点,等等。我完全想不到他会对我说这些,所以听了好久才反应过来,原来他不打算骂我。

这还是我第一次和教务主任说话,也是第一次听到他的声音。他身材瘦削,头发稀疏,所以我总觉得他看起来就像一具行走的骷髅。除此之外,我对他几乎一无所知。当时的高中,除了他这位教务主任之外,还有一位副校长。说实话,我并不知道他们具体负责什么工作。说到那位副校长,我倒是偶尔见过他训斥犯错的学生,但这位教务主任嘛……似乎没什么存在感。不知道他平时都在做些什么,难道,他其实什么也不做?当时的我就是这么想的。

和他真正聊过后,我明白一件事情,那就是:我看不明白他。介绍完这五个塑料模型后,教务主任拍了拍自己的头站了起来。

"对了,你们家开的是什么车?"

"……我们家?"

"对啊。"

"日产阳光。"

"哦。那就是阳光了。"

从那天开始,一直到我毕业之前,他都管我叫"阳光",从来没问过我的真名。可惜啊,要是我们家开的是本田里程,他大概就会管我叫"里程"了吧。不过考虑到我的实际情况,还是"阳光"比较合理。而且,就当时的我的沉闷气质而言,管我叫"阳光"都算高看我一眼了。

"我给你搭个架子吧。"教务主任用食指在空中画了一个大框,"这个书架有点丑,把它搬走吧。就在这里用厚胶合板做个架子,做个八层的。这样就能放五十个模型了。五十个哟!"

"……啊。"

"阳光，做点除了汽车以外的东西吧，合计做出五十个来。"

"……啊。"

几天后，教务主任还真拿来了工具，如约在窗边做出了一个架子。我不知道他为什么要这么做。自那以后，他还会不时带些点心来看我。从地瓜酥棒、花林糖、金平糖、茶馒头到草莓大福，不过无论吃什么，都少不了一壶热焙茶。他总坐在旁边看我拼模型，顺便给我讲些小故事，却从来没有提过学习或是毕业以后的事情。如果我正在拼的是辆汽车，他就会跟我说些关于那辆车的故事。同理，如果我拼的是巡洋舰、城堡、飞机，他说的故事也就会是巡洋舰、城堡或是飞机了。那些故事真的很有趣——这绝对不是恭维话。那时我单纯地认为，人一定会随着年龄的增长而自然地变得更聪明，但现在我知道了，聪明与年岁增长之间并无直接关系。他知识渊博，远超我想象。一直以来都执着于用笔来涂色的我，自始至终都没有制作过钢普拉①，现在想想真是遗憾，否则说不定教务主任也会告诉我一些关于《高达》的小故事。你知道吗？阳光，这台MS是地球联邦开发的新机型哟——想太多了，应该不至于会说这些。

总而言之，我很喜欢这位教务主任，当然也包括他身上的那种神秘感。要不是教务主任，我大概早就放弃制作塑料模型了，就像当时没看几个月报纸就厌倦了一样。也是他，让我大大改变了对"教师"这个职业的印象。我真的很感激他。

---

① 指动漫《高达》的塑胶模型。

见过真锅后的下一个周一，对面的站台上又出现了二和的身影。

刚见过长大的真锅，这让依旧十八岁的二和美咲在我眼里显得更稚嫩了。我也更加明显地感受到了她对时间的免疫。这时，我突然想起真锅曾托我给她MD，可惜今天没有带在身上。不过，就算我带着，也不可能特意跑到对面的站台去找她。当年如何姑且不论，但此刻的二和是女高中生。见到那些MD后，她肯定会很困扰。这些都是旧时代的遗物了。

就在我呆呆地看着二和的时候，手机突然收到了一封邮件，发信人居然是二和美咲。

"对面站台有人一直盯着我看，请帮帮我吧。"

我笑着叹了一口气。我并没有与她对视的打算，但显然还是被她发现了。再次抬头时，我看到二和正面无表情地玩着手机。原来，她用的还是当年那个邮箱啊。这个想法在脑中一闪而过。想当年，就连找她要个联系方式，都迟迟不敢开口。一股如突然绽开的线香花火般温暖的刺痛突然掠过胸口。我回复了邮件。

"不好意思，让你发现了。对了，为了打听你的事，上周五我和真锅见了一面。"

"你可真是一个变态跟踪狂。但你为什么要找桂子？"

"因为她当年也是国际交流部的成员。"

"（笑）桂子可完全没有参加过社团活动。她现在怎么样？是不是已经出道了？"

"她似乎已经不玩音乐了，现在在一家百货商店卖CD。她似乎还挺满意这份工作的，精神也不错，甚至还有些过于精神了。"

　　发完这条邮件后，我就看见二和走进了钝行电车。邮件交谈也就此中断。虽然二和一直不愿意跟我对视，但就文字来看，她应该没有生气。我早就做好了被骂的准备，这么一来反而觉得有些失望。或许，她也一直在默默地等待着某件事或是某个人，能将她从十八岁的牢笼中解救出来——这个解释是不是太想当然了些？

　　透过屋顶的缝隙望向天空，那儿果然停着一架螺旋桨飞机。盘旋于空中的螺旋桨飞机以无人能及的速度划破长空，留下一道美丽的弧线。即使到了这个年纪，我也依旧无法停止孩童般的幻想。我想象着，自己就坐在一架如钢笔般纤细的飞机上，耳边的风声犹如一只巨大的蜻蜓在振动着翅膀，银色的机身在阳光下熠熠生辉。任何敌机都追不上我。

　　塑料模型彩云消失在了天空的另一端——我的高中时代。

九度目の十八歳を迎えた君と

我怎么觉得自己成了稻草富翁。难道正如真锅所言，我果真踏上了解放同学灵魂的旅途？那么，继真锅和东之后，是小田桐，还是我最迷恋的二和呢？要是这样，也有轮到我的那一天吗？如果真有那一天，又会是谁来救赎我的灵魂呢？

距离约定时间还有五分钟时,东连太郎出现在球场的B门口。

"间濑君,好久不见呀。"

他朝我慢慢走来,我向他点了点头。

"好久不见。"

"不好意思,让你来陪我。"

"说什么呢!明明是我突然找你的。而且还拿了你的票,要说不好意思的人是我才对。"

"别这么说。大家一起看才更有意思嘛。咦,入江君呢?"

"还没到呢。他在浅草工作,大概还得等一会儿。"

如果用一句话来形容我对高中时期的东的印象,大概就是"享受孤独的冰雕美少年"了。他似乎从不主动和班上的同学来往,于是我也不免对他有些敬而远之。我总觉得,东的心理年龄似乎要比同龄的男生大个三四岁。对大部分高中生来说,没有朋友都是一件可悲的事情,而且也容易遭人说闲话。但我可以很肯定地说,在东身上,这个常理恰恰不适用。不愿意与人交往的东,似乎总是独自一人沉浸在自己的世界里。

正如之前和真锅提到的那样,东和我是小学同学。只不过他好像在五年级时转去了其他学校,所以我们大概只有四年级那年同班吧。不过,当时他在一场绘画比赛中的表现让我至今难忘。东在高中时曾是美术部的成员,但他早在读小学时就已展现出了极高的绘画天赋。那个年纪的孩子,大都连面部轮廓都画不清楚,而当时的东居然已经能将人像画得惟妙惟肖、栩栩如生了。正是因为太过写实,所以他也无法将长相丑陋的人画成美人。不过,他的画技也由此可见一斑。某次绘画比赛中,他居然将画纸斜放着给同学画起了肖像。难以想象,如此新颖的画法竟出自一个小学四年级学生之手。毫无疑问,画作本身极其出色,用斜放的纸张来表现画像中女生的含蓄内敛,更是起到了画龙点睛的效果。他可真是个天才。但现实大大出乎了我和许多其他同学的意料,他最终只拿到了银奖。东的画作底部,贴着班主任的一句评语。

——画得很好!很漂亮!但要记得摆正画纸哟。

得了金奖的那幅画,任谁看了都会觉得不如东画得好。只是整张画纸被填得满满当当,看得出也是费了心思的。说不上是好是坏,就是一幅孩子画的画。其实高中时期的东并没有给我留下太多记忆,反倒是绘画比赛结束后,他目不转睛地盯着自己画作底部评语时的侧脸,给我留下了鲜明且强烈的印象。他的脸上既没有不甘,也没有沮丧。他只是紧紧盯着评语,如同一位职业棋手在思考下一手棋的下法。

东站在门口笑道:"这么久之前的事,你还记得啊。"脸上的笑容比小学和高中时看起来亲切柔和许多。他的面容依旧英俊,只是少了当年那股清冷之气。

"老师不给那样的画打高分也很正常，毕竟我们当时还只是小学生而已。"

没聊多久，花名为伊佐的入江信义就出现在B门前。伊佐抖动着赘肉向我们跑来，向我们道了歉。那身赘肉比起高中时可谓有过之而无不及。夜场棒球赛早已开始。

据说，夏河理奈是在某个社交平台上看到了东连太郎的名字。而且听说找到他，比找到真锅容易多了。我一联系上东，他就邀请我一起去看职业棒球比赛，还说自己手里正好有三张票，所以最好再找一个人。再找个谁好呢？我想了好一会儿，最终还是选了最容易约出来的伊佐。伊佐、我和东都是二年级时的同班同学，所以他们也算彼此认识。本来也可以喊卡布的，但我实在不想带个有妇之夫。

几个月前我刚和伊佐见过一面，所以并不觉得陌生，三个人在一起时，就像是在进行一次小型的同学聚会，大家都觉得十分开心。我们坐在一垒方向的内野自由座上看了一会儿比赛。上初中后，我这还是第一次来球场看棒球，真是太有意思了。尘封的记忆，随着外野的啦啦队加油声、卖啤酒小姐姐的叫卖声而渐渐苏醒。这就是棒球场的氛围。

东似乎经常来这里看比赛，他告诉我们，这是本赛季的最后一场比赛了。主场球队已经拿到了季后赛的资格，所以主力球员不必出战，此刻正优哉地坐在替补席上。

"但这就更有意思了。"东指着电子公告牌的成员表说道。

"平时在首发阵容很难见到这么年轻的选手，除非是在死胶比赛①或表演赛,所以说这场比赛的阵容可是相当罕见。"

"真没想到,你居然喜欢看棒球。"

"我也觉得不可思议。"东笑道,"我做梦都没想过自己会来看棒球赛——至少高中的时候肯定不敢想。工作之后,才开始经常来球场看球。"

东告诉我,自己在市政府税务课工作。"我就是个无聊的公务员,平时的工作就是把票据输入Excel里而已。"他自嘲道。然而,在饮料厂做临时工的伊佐则对此羡慕不已。

"像我这种人随时都会被开除掉,还是稳定的工作最好,我也想安安稳稳的。"

伊佐似乎比我懂棒球,他正一边吃着从小卖部里买来的炸鸡和汉堡,一边向东询问着目前的战况。东无所不知,几乎每个回答都是脱口而出的。他绝对是个狂热的棒球粉丝。虽然我也凭记忆说出了几个棒球选手的名字,但无一例外都已退役。时间总是一闪而过。

第四局上半场比赛刚刚结束,伊佐就接到了单位打来的电话,接着就紧蹙着眉头离开了座位。随即,东低声问我:

"你说想跟我谈谈二和的事情?"

我点了点头,然后说明了二和现在的情况。我原认为他定会和真锅同一个反应,哪承想,他对二和停留在十八岁这件事没有流露出丝毫惊讶。

"难道⋯⋯你毕业后见过二和?"

---

① 系列赛结果已定后的一场比赛。

"在大学的时候见过一面。当时我在西千叶看到了穿着校服的二和,就跟她聊了几句,仅此而已。"

"你不觉得奇怪吗?"

"嗯?什么奇怪?"

"关于年龄停止这件事。"

"谁都害怕衰老,所以我并不觉得这有什么奇怪,虽然刚看到她时的确有点惊讶。"

我点头附和着,努力在脑中整理着信息。可见,就算是二和以前的同学,只要见过她十八岁的模样,也就不会觉得这是什么怪事了。如此说来,目前只有我觉得这件事不合理,实在是太奇怪了。言归正传。

"你以前是不是喜欢过二和?"

东眯起眼睛笑了起来。

"真锅这嘴可真大呀。"

"不好意思啊。"

"不用道歉啦。那都是过去的事了,告诉你也没什么关系。"

"所以,你真的表白过?"

"是啊,就在放学后的教室里表白的。不过马上就被拒绝了。"

"是……她有男朋友之类的原因吗?我觉得二和应该被某个男生伤害过,所以才一直停留在十八岁。"

"她当时没说自己有男朋友。"东看着投手丘[①]说道。或许他并

---

① 棒球比赛中投手投球的区域。

没有在看投手，而是在回忆过去。他的眼神里带着一丝惆怅。"那时的我很要面子，所以只要求她回答可以还是不可以，于是就只得到了一个'不可以'的回答，根本不知道她为什么要拒绝我。到底是因为她已经有男朋友了，还是因为她不喜欢我的长相，又或者是她讨厌我的性格。其实吧，我本来以为是有希望的……总之马上就被拒绝了。话说回来，她真的很让人着迷。"

我沉默着点点头。

"难道你也喜欢过二和？"

我有点不知道该怎么回答。要是伊佐问，我肯定不会告诉他，不过告诉东倒也没什么关系。

"嗯，是啊。"

"表白过？"

"……写过一封情书。"

"哦？那她怎么说？"

"我……"正说着，第四局下半场比赛开始了。我的声音也暂时被再次响起的啦啦队呐喊声所淹没。

"我没有收到她的回信。"

"哦？"东狡黠一笑，"不过，虽然可惜，但你应该算是有过希望吧？至少没跟我似的被当场拒绝。"

"……也不是。"

东似乎想说些什么，看了我好一会儿，但我决定装作没发现。逃离二和那天的记忆在我的脑海中不断闪现。东最终作罢，放声大笑起来。

"间濑君,你是从什么时候开始喜欢二和的啊?"

什么时候?就在我陷入思索时,伊佐回来了。于是,我们围绕二和的恋爱故事分享就此中断。跟我一样,东也不想让伊佐知道这些事情。我们三人吃着伊佐接完电话后顺手捎回的杂烩,与此同时,我又再次陷入了思考。我是从什么时候开始喜欢二和的?我实在想不起来了。其实早在意识到自己喜欢二和前,我就已经对她生出了爱慕之心。如果非要找出一个察觉到这份感情的瞬间,那可能就是在高二的时候吧。

在班级表上看到"二和美咲"四个字时,我觉得那简直就是我一生中最幸福的瞬间。从高二开始,我就跟二和是同班同学了。在偶然中寻找必然,或是把某件事视为神明的指引,这大概也就高中生能做得出来吧。这也大概就是命运的安排吧。我紧闭着嘴,极力忍住笑意。

二和在教室里看到我后,笑着说:"咱们一个班呢。"在此之前,她只知道我是新闻部的人。而从那天起,她就学着伊佐和卡布,只喊我间濑。我也不甘示弱,自那以后只管她叫二和。我们之间的距离似乎也由此拉近了许多,但又多了一种难以形容的别扭。

并且从那年开始,学校取消了"学生必须参与社团活动"的规定。我很开心,因为这意味着不会再有新生加入新闻部了,我也就可以一如既往地独占社团活动室。那段时间发生的事情,也给了我一种自己最近过得顺风顺水的错觉。于是,我更加全身心地投入到了塑料模型的制作工作中。当时的成品数量已经突破了两位数。

随着熟练度的提升，我的内心也涌现出了一种欲望——我想在作品中加入一些独特的个人元素。所以，我决定用红色颜料在每个塑料模型的角落处签上自己的名字，虽然这听起来有些微不足道。签"间濑"未免过于普通了，于是我最终用了自己名字的小写英文字母"maze"。乍一看，还以为是哪个意大利的著名画家呢。Merisi Caravaggio Maze——看起来还挺像个正常的人名。完成塑料模型后，我就会在上面签上自己的名字，挥舞笔墨之际，我感到了极大的满足。

然后，把涂了色的零件拿到屋顶晾干。严格来说，那里不是屋顶，而是屋顶前面某个日晒充足的地方。总之，那时的我时常带着一些零件在旧校舍的楼梯间爬上爬下。涂完色后，我把它们拿到屋顶晾干，估摸着差不多干透时，再上楼去取回来。事实上，我根本没有必要这样做。那些涂料在活动室内就能晾干，拿着它们爬上爬下纯粹是在浪费精力。那么，我为什么要做这种没有任何意义的事情呢？原因很简单：我想偶遇某个人，而且是在拿着零件的时候偶遇某个人。事实上，那时的我已经迷上二和了吧……如果跟二和偶遇，那我们一定会自然而然地聊到塑料模型。这样一来，她就会知道我每天都在认真制作塑料模型了。现在回想起来都不免暗暗苦笑，当时的自己还真是个死脑筋，真是蹉跎了青春啊。

后来，我还因此看到了可怕的一幕，不过那都是后话了。总之，这对当时的我来说，还是很有积极意义的。那天，我在国际交流部的社团活动室前见到了二和。我当时刚把零件拿上楼，所以两只手上空空如也，不过这并没有什么要紧。

"啊,间濑!你来得正好,可以帮我拍张照片吗?"

二和叫住了我,递了一台数码相机过来后,就在走廊上摆好了姿势。

"你快点拍!"她催促道。而我则完全不明白她这是要做什么。

"这张照片我要登载在部门报道上。"二和解释道,"还会发到国外去呢,所以你要尽量把我拍得好看一些哟。"

我的心怦怦直跳。我紧张地盯着数码相机的屏幕,对着挺直了腰背的二和连按了几下快门。由于没拿稳相机,前两张照片完全失焦。跟二和道歉后,我又重新给她拍了两张照片。但这次,照片上的二和神情僵硬,就像一万日元纸币上的人物像。看了照片后,二和忍不住拍着手,笑得两只眼睛都眯成了一条缝。

"不行啊,我真是不上相。"二和止住笑声后说道,"怎么拍成这样了?难道我真的就长这样?"

"……当然不是。"这照片实在太离谱了。

"啊,那就好。"

"我觉得你保持平时的状态就行。"

"可是我做不到啊。也不知道为什么,你一拿起相机,我就觉得很拘谨。但是我平时可喜欢拍照了。"

二和说着说着,拿出了手机,从手机里翻出了几张自己的照片给我看。当然,那时的手机像素很低。画质粗糙,这样的照片根本无法放大或打印。所以,那些只用手机来拍照的人根本称不上摄影师或摄影爱好者。出于这个原因,二和总是反复强调自己家里有一台很好的相机。

"不过，我用的虽然是手机，但也拍得挺好的吧？"

我点点头。的确，是挺好看的。

"对了，就是这张照片。"二和翻出一张照片，拍的是一只飞翔的大乌鸦。

在电线杆的衬托下，乌鸦显得非常大。不得不说，画面充满了动感。

"我就是从这里拍的，你看，就在这里。"

二和说完，一脸兴奋地打开走廊的窗户。就在这时，一阵微风穿堂而过，她的头发也随之飘扬。她把脑袋探出窗外，指着之前拍摄时乌鸦的位置。然后，她挥舞着双手兴奋地跟我仔细描述起乌鸦是从哪里来的，又是如何飞走的。但我几乎一句都听不进去。我只为在蓝天下飘舞着头发的她而着迷。

啊，我真的好喜欢她啊。

就在萌生出这个念头的瞬间，我按下了快门。二和也正好看向镜头，于是我用相机捕捉到了她的美丽。这张照片非常自然且普通，但完美地展现了二和那让人无法拒绝的美貌。这也正是平日在教室里，让我移不开眼的二和美咲的模样。就连因为我没有提前打招呼就按下快门而生气的二和，在看到这张照片后也满意地笑了。

"啊，这张拍得太好了！间濑，谢谢你。这张照片拍得比我本人好看多了。真的很好看，对吧？"

"嗯，很好看哟。"——对当时的我而言，说出这句话的羞耻感简直就与让她和我生孩子无异，所以我最终只是简单地"嗯"了一声。二和似乎看穿了我的心思，狡黠一笑，便没有再说下去。

"对了,正好我想请你帮忙听个东西。啊,你有空吧?"

我同意后,她便从社团活动室里拿来一部MD播放器。接着,她将左耳的耳机递给我。我还在一脸疑惑呢,她就已经戴上了右耳的耳机,身体也顺势靠在墙上。我怕被二和看出内心的慌乱,便强装镇定地把耳机塞进左耳,与她一样靠在墙上。我满脸通红,像火烧一般。两根耳机线紧紧相连,肩与肩几乎挨在了一起。我努力不让自己表现出愚蠢的样子,于是眉头皱得更紧了。

二和按下播放键,耳机里发出的——居然不是音乐,而是英语演讲。一开始我没听出那是谁的声音,听到后面才发现原来是二和的声音。但除此之外,我什么也没听懂。

我太紧张了,紧张到似乎能透过校服看见我的心跳。我本来英语听力就不太好,又是在这种情形下听英语演讲,简直就像在听《般若心经》似的,完全不知所云。

听完后,二和戴着耳机,看向我。

"你觉得怎么样?"

"……这是你的演讲吗?"

"是啊。"二和笑道,"我要把这段演讲寄到国外的一所学校。就是那所在加利福尼亚州的姐妹学校。"

"是每年都会寄千纸鹤过去的那所学校?"

"是的,不过我要寄的是CD,不是MD。那边好像不怎么用MD……所以,你觉得怎么样?"

我表示想再听一遍。因为在刚才那种情况下,我根本没有任何感想。第二次,我终于可以稍微静下心来听了。尽管我能零散地听懂一些单词，也还是无法理解整篇文章的意思。我的英语听力实在是太糟糕了。

唯一能听懂的，就是二和的英语发音让人觉得十分舒适。之前听说二和将来要做一名翻译时，其实我并不看好……虽然这么说可能对二和不太友好。能说一口流利英语的女性固然很有魅力，但多少也会让人觉得有些傲慢。我承认这是我的偏见。不过，对那些无论行为举止还是语言风格都与欧美人无异的人，大家多少都会有点敬而远之吧。从这个意义上来说，二和的英语发音并不算太好。但是，她的发音不会惹人厌恶。既没有日本人强行说英语时出现的不自然且不必要的卷舌音，也没有日式英语发音的土气。与英语教师兼国际交流部顾问网泽老师那口干瘪平淡的发音相比，二和的发音更让人觉得心旷神怡。她说的英语真的很好听。

"我英语不好，说实话我完全听不懂——"我铺垫道，"但是，我觉得你的英语发音很清晰、很好听。"

"哈哈。"二和开心地笑道，"谢谢。"

"所以，你讲的是什么内容呢？"

"主要是我最喜欢的词语及其相关的种种。"

随后，二和简要地说明了演讲的大致内容——我特别喜欢"永苔流转"这个词，这是一位对我有着深远影响的人告诉我的，同时也是他自创的词语。既要如青苔般默默无闻地坚韧生长，又要无惧变化、能屈能伸。顺便一提，日本国歌中也使用了"苔"这个字。日本、英国和美国对"苔"的解释略有不同——二和继续说着……她说了许多，但只有"对我有着深远影响的人"这句话深深地刻进了我的脑中。

对二和影响很大的人——要是理智一点，我大概会觉得应该是位像坂本龙马一样的伟大人物。然而，我当时想到的却是个二十岁出头、器宇不凡、五官俊朗的男人。在这个世界的某个角落，有一个男人，他不仅有着足以给二和指明人生方向的博学广识，更有着与二和十分般配的英俊样貌。他到底是什么人？一想到这里，我心里就焦虑不已。

二和说完，轻轻地摘下耳机。我也从左耳上摘下耳机。

"谢谢你，那我就先走啦。"

"那个……等一下。"

焦虑的我下意识地叫住了二和。二和歪着头，脸上带着淡淡的微笑。我必须说点什么，我必须向前迈出一步。就在我越来越焦虑的时候，开着的窗户外面传来了乌鸦的叫声。

"乌鸦。"

"乌鸦？"

"嗯，就是刚才那张乌鸦的照片……能再给我看一遍吗？"

二和拿出手机，翻出那张照片递给我。

"这个吗？"

"啊，对。"我指着那张照片，"我挺喜欢这张照片的，所以……能发给我吗？"

"可以啊……"

"能告诉我邮箱地址吗？"

现在回想起来，那可真是个蹩脚的理由啊。因为当时我们已经可以使用手机的红外线功能来传输数据了,不仅速度更快,而且还不会产生数据费用。所以明明对方就在面前,却放着方便快捷的红外线功能不用,而故意选用邮箱来传输图像,岂不是多此一举吗?可我当时居然丝毫没有意识到这个做法不合理,只是一心想借此得到二和的邮箱地址。

二和似乎看穿了我的拙劣计谋,笑着说了一句"真拿你没办法"后,便将邮箱地址告诉了我。当然,邮箱地址也是用红外线功能传给我的。真是太好笑了。回到新闻部活动室后没多久,我就收到了二和发来的电子邮件,附件正是那张乌鸦照片,

正文则是一个黄色小鸡的表情符号。我握紧了右拳。

对了,回家后我还在电脑上搜索了"永苔流转"一词,结果出现的是一位在这个领域颇有些名望的书法家照片。这是一位生于一九三九年,至今仍健在,留着长长的白胡子的隐士。我松了口气,还差点摔了一跤。

"你们是说二和还在读高三吗?"

第六局结束,双方一比一打平。对方球队的球员在休息区前围成了一个圈。

接了不知多少通电话后回来的伊佐听到了只言片语后问道,大概只是为了附和我们而已吧。不过看他的神色,似乎并不觉得停止长大是一件奇怪的事。或许毕业之后,他曾在哪里见过二和,只是连他自己都不记得了。满平自始至终都没有和二和说过话,只是在车内远远地看了她一眼,认知就发生了翻天覆地的变化。好在他并

没有问太多。

"我和二和几乎没怎么说过话。"伊佐看着投手丘说道。还好，他好像没有听到我和东刚才提到自己爱慕二和的那些事。

"嗯，我想一定是某些小事导致的。虽然我也不太清楚，但会不会是高中时代留有什么遗憾，或者迷恋高中的生活之类的……"

"或者是，她非常希望能在高中时代拥有一个理想的男朋友之类的？"东看着我说道。

"还有就是……"伊佐不知道从哪里买了山药天妇罗来，一边吃着一边兴奋地说道，"想在毕业时拿到更正式的毕业证吧！"

"毕业证？"

"我是说着玩的啦。不过间濑，你还记得吗？"伊佐笑着说道，"虽然我也不知道具体原因，但我们那一届因为印刷公司的失误，导致没能在毕业典礼之前做好毕业证，所以学校用了彩排用的毕业证，一直到毕业后我们才拿到了自己的毕业证，不是吗？我记得那天我们用的全都是写着'毕业太郎'名字的毕业证。"

"哦，对对对。花冈还上台讲了笑话……"

"对，就是那次。"

花冈在我们年级算得上小名人了。虽然不算什么大明星，但偶尔能在深夜的搞笑综艺中看到他的身影。或许还有人听过他们当时的组合名——"恶毒海葵"吧。当时他还是个初出茅庐的新人，但也深受观众的喜爱。我不记得他的搭档叫什么了，总之那个高个子逗哏就是我们的同学花冈。他们的演出中最有特色的场景就是捧哏冲着花冈怒吼："去死吧！"花冈答："不去！"捧哏追问："为什么？"花冈尖叫道："因为我还没有实现我的梦想啊！"单看文字或许不觉得有什么可笑的，但他们的表演实在是太有趣了，他们简直就是天生的喜剧人。我和花冈从来没有同班过，所以基本没有接触，不过我一直都在默默地支持着他。他可是我们那一届的明星人物呢。

正因如此，花冈被邀请作为学生代表在毕业典礼上致辞。花冈的发言十分精彩，还在结束时大声地喊出了一句："我是毕业生代表，毕业太郎！"

原本因不舍而哭红了眼的同学们，听到这里后纷纷绽放出了笑容。而校长和副校长则一脸尴尬地皱起了眉头。啊！真是个令人怀念的场面啊。

"啊，对了。说到二和啊，我见过一件事。"

"什么？"

伊佐点点头。"高三那年，我在旧校舍的走廊上看到二和跟一个男生说话。我不知道他们在争执什么，只看到那个男生留二和一个人在那里哭，自己跑掉了。"

我的心头一紧，惊讶地看着伊佐。仿佛嘴里的水分都被沙子吸干了一般，顿时呼吸困难，浑身冒汗。

难道当时伊佐也在场？

"我觉得自己看到了一些不得了的事情，于是连忙顺着消防楼梯跑上楼了。"

"那个男生。"我探出身子问，"你还记得是谁吗？"

"嗯？那个男生？"

"对。你看到他的脸了吗？"

"没有，当时我没看清他的脸。再说了，都过去这么多年了，哪还记得啊。"

"真的不记得了吗？是个不认识的人？"

"不认识倒也……都说了我没看清楚。"

"……那好吧。"

我轻轻点点头，用右手擦了擦脸。我感受到了东的视线，担心他对我起疑，于是强装镇定地从包里拿出笔记本，不动声色地将话题转移开来。

"东，你认识小田桐吗？她好像也是国际交流部的人，和二和、真锅还有另外一人一起。"

"真锅居然是国际交流部的？"伊佐震惊道。伊佐大惊小怪，将话题成功地引向了这个问题。

"小田桐啊，我当然知道。我们以前关系挺好的。"

"不过，毕业纪念册里没有她，你知道原因吗？"

"她退学了，很突然。"

"退学？"

"是的。我记得她是在……高三那年的秋天退学的。我高三的时候跟她不同班，所以她退学的消息还是从美术部的人那里听来的。明明就快毕业了，真是太意外了。而且，她真的是没有任何预兆，就突然不来学校了。"

"不明原因？"

"我不知道。当时我很在意，也到处打听过，但似乎没有人知道真正的原因……不过有些人说,是因为她被卷入了某件事。"

"某件事?"

"别这么严肃嘛。"东笑道,"都是些子虚乌有的传闻罢了。高中生就是爱传播谣言啊。那个时候,老师只是发一下火、停一次课都能被谣传成有大事件发生。有人说小田桐被杀手盯上了,也有人说小田桐陷害了别人,还有人说小田桐的父亲欠了巨款。总之,就是怎么离谱怎么传。"

东叹了一口气。

"她画功可好了。对了,你还记得新校舍的大门上挂着一大幅画吗?就是鞋柜前的油画。"

"……啊,我有点印象。画的好像是水母?"

"就是那幅。正是出自小田桐的手笔,我都差点被她的才华迷倒了。那绝对是我望尘莫及的高度。"

"她画功那么好,却没有进美术部,而是选择了国际交流部。美术部并不属于旧校舍部吧?"

"旧校舍部……久违的词语啊。"东眯起了眼睛,"大概是因为她不喜欢美术部的顾问吧。我很理解她,当时美术部的顾问实在是太偏执,只接受自己喜欢的风格。就算小田桐加入美术部,想必也很难有所发展。所以,我觉得小田桐加入具有国际视野的国际交流部绝对是非常正确的决定。我听人说,现在小田桐的作品都已经在法国、奥地利的展览会上展出了。真的好厉害啊。把画运到国外应该是用船运吧。太不可思议了。"

我在笔记本上记下"小田桐退学(高三秋天)"。我实在懒得跟伊佐解释此事的来龙去脉，便索性瞒着他悄悄记笔记。

"对了，小田桐之前还说想做雕刻来着。我好像还借过她美术室的工具。不是那种普通的雕刻刀，而是凿石像用的凿子、钉锤之类的。也不知道她当时打算做什么样的作品。啊，好想看看啊。她真是一个才华横溢的人。我现在也常常想起她，偶尔还会在网上搜索她的名字，想看看她的名字会不会出现在哪个展会或者比赛中，但至今也没找到过。也不知道她现在到底在哪里，又在做些什么。"

"这么说来，你现在应该也联系不上小田桐吧？"

"是啊，她好像换邮箱了，上大学后就断了联系。"我问了小田桐的全名，然后在笔记本重新写上"小田桐枫，高三秋天退学，目前联系方式不详"。我在脑中重新整理了一遍信息，接着悄悄地将笔和笔记本塞回包里。

"但是，间濑。"

东刚开口，主场球队的九号击球手就打出了一个全垒打。他们以一比四的比分成功反超。最激动的是伊佐，他手里的啤酒都快洒出来了。虽然错过了击球的瞬间，但我也跟着别人一起鼓起了掌。

听到"这是××选手成为职业选手后的第一个全垒打"的广播声后，东开心地点着头。

"见证了一个精彩瞬间呢，我更期待下个赛季了。"东沉浸在刚刚的喜悦之中，过了一会儿才重新看向我。

"不好意思。回到刚刚那个话题，虽然我可能有点多管闲事了，但是我觉得如果你想解决二和的问题，真正要调查的人并不是小田桐。"

"……为什么这么说?"

"这也只是我的猜想。我觉得你需要面对的不是外在的问题,而是内在的、更深层次的东西。你自己心里清楚不是吗?我觉得你就是太害怕与真正的敌人战斗,才会像现在这样兜兜转转,做些白费功夫的事情。明明答案就摆在眼前,但你偏要故意戴上超高倍望远镜假装看不见。"

我摇了摇头。"你想多了,我什么都不知道。"

"那好吧。"

比赛终于进入了最后一局。

"就算是这样吧,那你为何如此在意二和的年龄?冻龄也不是什么稀罕事啊!"

"……我不这么觉得。"

"间濑,可能接下来我要说的才是真正的多管闲事。但我觉得,对于这个世界上出现的一些不合常理的事情,我们还是不要深究为好,因为一不小心就可能卷入某些危险之中。只要看你该看的事情就好了,要不怎么说难得糊涂呢。"

"那么,哪些是我该看的东西呢?"

"棒球呀。"

我笑了。

"你知道我为什么爱上看棒球了吗?"

"我哪知道啊,那你说说?"

"因为我的梦想彻底破灭了。"

全场为走上最后一局投手丘的投手送上了热烈的欢呼。

"梦想破灭的人只会做两件事。"

"两件事?"

"一件是像现在这样看棒球,把自己的梦想寄托在别人身上;另一件则是嘲笑其他心怀梦想的人,自此以后眼里只能容下比自己更没有梦想的人。所以啊,间濑,我不是在为喜欢的球队加油,而是在为自己加油。我把自己代入到他们身上,那个投手替我投球,其他的野手①替我防守,教练则是替我管理和部署球队。球探、棒球预备队的选手,就连喂球投手都是在为我而战。这也是我会在棒球队状态不佳的时候发火的原因。因为,我不允许他们肆意践踏我的梦想。……你能明白我这种任性且傲慢,但又无比迫切的心情吗?"

"怎么说呢……"

"不过你最好别懂。因为如果你真的懂了,那就意味着你的梦想也破灭了。"

东看好的球队——不对,是东自己,以一比四的比分拿下了比赛。

就在送伊佐上公交时,我突然想起忘了把真锅交代的MD还给东了。没办法,我只能在站台上将MD递给他,东拍了拍手,似乎突然想到了什么。

"上次收到你的消息后,我就一直好奇MD里到底是什么。所

---

① 守备方的选手。

以，我特意从家里带来了MD播放器，而且还充满了电。是不是很聪明？"

东在长椅上一坐下，就立即将MD插进播放器里，接着自己一个人听了一会儿。

"是SPITZ[1]啊。真是叫人怀念啊。原来我把这个借给她了啊。"

东摘下耳机，把耳机线缠在MD播放器上，接着一并递给我。

"要是不嫌弃的话，送你吧？"

"播放器也给我？"

"嗯，都给你。"东耸了耸肩，"如果你不需要，那就替我扔了吧。我家里连一张MD都没有，光拿个播放器也没用啊。我猜，你也想听听真锅给了我什么吧。"

我确实已经没有MD播放器了，而且我也确实很好奇真锅给的MD里到底是什么。不过即便如此，我也没有很迫切地想要一台播放器。然而，我最终还是没能拒绝。东把播放器递给我后，笑着说了句谢谢。他的笑容十分爽朗，就像如释重负一般。

我怎么觉得自己成了稻草富翁[2]。难道正如真锅所言，我果真踏上了解放同学灵魂的旅途？那么，继真锅和东之后，是小田桐，还是我最迷恋的二和呢？要是这样，也有轮到我的那一天吗？如果真有那一天，又会是谁来救赎我的灵魂呢？

---

[1] 日本摇滚乐团，成军于一九八七年，由四人组成。
[2] 日本童话故事中常用稻草富翁来比喻用小东西最后换到高价物品的人。

8

总之，就是从那时起，我养成了仰望天空的习惯。倒也不是在逃避现实，只是每当我想象彩云号以无人能及的速度消失在地平线上时，内心就会变得无比澄澈宁静。彩云号承载着的，是一张纸和写在其上的梦想。它或许能够带着我前往某个遥远的世界。

"我记得东说过自己的梦想是当一名画家,他现在怎么样了?"

我给二和发邮件说自己和东见过面了,对面站台的她立马回了消息。二和依旧不愿意跟我对视,但她似乎并不讨厌跟我互发邮件。

"他说自己在市政府税务课工作,心血来潮时偶尔会画点东西,但已经不想成为画家了。"

"这样啊。"

"不过他告诉我,他每天都沉浸在观看棒球比赛的乐趣中,觉得自己过得充实。他看起来确实很开心,比以前柔和了很多,也变得更加健谈了。"

"那就好。"

"对了,有件事我一直好奇。你现在已经不参加国际交流部的活动了吗?我看你最近都很早回家啊。"

二和没有回复,是电车正好来了,还是因为不想回答这个问题?我放下手机,望着对面早已不见了二和身影的站台。我们只会在对面站台上看到对方时,才互发邮件——不知何时,这成了我们之间的不成文约定。

那周周六的上午，我又在那个公园里与夏河理奈见了面。虽然在此之前我们互通过好几次邮件和电话，但距离上次见面已经过去三周了。与上次一样，她还是坐在那张长椅的同一个位置，所以我也坐在了同一个地方。金秋十月，公园的秋风扫去了夏日留下的一切痕迹。室外的气候十分宜人。

"……今天有什么事吗？"

夏河理奈低着头问道，她的穿着与上次截然不同。一身充满浓厚秋日气息的胭脂色长袖衬衫，脖子上围着一条白色的围巾。下身则是黑色长裙搭配哑光靴子，一看就知道是外出时的时尚穿搭。她今天没有戴眼镜，脸上还稍微化了点淡妆。看样子下午应该要去什么重要的地方吧。

"我想找你问些关于二和在学校时的事情。"

"……哦。"

"不好意思，不过我不会耽误太久的。"

"……耽误？为什么这么说？"

"哦，我以为你一会儿还有什么要紧事呢。"

夏河理奈看向广场，没有回答。我不禁暗暗后悔自己说话太直了些，毕竟对方还是个青春期少女。只要对方认为这是隐私问题，那就连自己喜欢什么颜色的筷子都不会愿意回答。还是直接进入正题好了。

"二和现在还在国际交流部吗？"

"……对。"夏河理奈答道，"不过，好像已经没怎么活动了。"

"你是说二和不怎么参加活动，还是说国际交流部几乎不举办活动了？"

"后者。我总觉得现在国际交流部里只剩下美咲一个人了，我从来没见过或是听说过其他成员。美咲也只会每周一次在放学后去活动室，打扫完卫生就回家了。"

"只是打扫卫生？"我很惊讶，"现在的国际交流部，真的连个像样的活动都没有了吗？"

"有这么难以置信吗？"

"我还在学校时，那可是个很活跃的社团啊。活动的结束时间可比那些毫无含金量的体育社团晚多了。怎么说呢，我总觉得那更像是个官僚组织。"

"……无法想象。对了，你还在上学的时候，国际交流部都在忙些什么呢？"

"很多啊，就比如……"我想了一会儿，"那个时候有个活动，就是每年都向远在美国的姐妹学校送一千只千纸鹤。"

"啊，这个活动现在也有。只是牵头的部门好像已经不是国际交流部，而是学生会了。由网泽老师负责带领学生完成。至少这件事美咲已经不参与了……还有什么其他的吗？"

于是，我凭着仅剩的记忆，列举出了几项国际交流部当时的活动。结果夏河理奈告诉我，这些活动要么已经换了牵头部门，要么就是已经被取消了。那个曾经无比辉煌的社团，如今也已彻底沦为旧校舍部了吗？虽然此事与我毫无关联，但我还是不由得生出了一抹落寞和失望感。

"旧校舍部？那是什么？"

"你们已经不这么叫了吗?"转念一想,倒也没什么可奇怪的。

"网泽老师,是位教英语的女老师吗?"

"是的。"

"那就是我认识的那位网泽老师了,她现在已经不是国际交流部的顾问了?"

"当年是顾问?"

我点点头。

"抱歉,我对这些事情也不太了解。现在国际交流部的顾问是谁来着……不过我真没想到,当年的顾问居然是网泽老师。因为我总觉得美咲和网泽老师关系不太好。"

"是吗……"

"是的。不过也许这只是我的个人感觉而已……我总觉得她们之间一直保持着一种微妙的距离感。哪怕在走廊里遇见,网泽老师只会和除了美咲外的其他人打招呼,上课提问的时候也会有意忽略她——当然也可能是我想太多了。"

"嗯,她是个很难相处的人。"

真锅说网泽老师就是个疯女人,虽然难听了些,但也似乎是事实。网泽老师阴晴不定,根本摸不准她什么时候会发火,俨然就是现实版的"黑胡子海盗危机一发"[①]。她会微笑着原谅忘了写作业的

---

① 一种多人游戏。将一个海盗人物塞入一个桶中,多名玩家轮流使用小刀插入桶上的多个洞中的一个。在这些洞中,会随机设置一个机关,当这个机关被触发时,桶内的海盗人物就会被高高地弹出桶外。

学生,也会花一个小时来教训在课堂上转笔的学生。每次靠近她,我都紧张得浑身发抖,生怕自己就是触发海盗桶机关的那个人。这位网泽老师和二和关系不太好——不管这个消息是否可靠,都先记下来吧。

我拿出笔记本,并委托夏河理奈找找当年的同学小田桐的联系方式。除了真锅之外,当年就只有她曾与二和一起在国际交流部中活动过,想必也对二和有所了解吧。

"我试着找过,但找不到任何线索。只能拜托你了。"

"好。"

既然刚刚说过不会耽误她太久,我自然也不好意思在这里待太久。见我起身,夏河理奈也站了起来,并说自己已经晒足一个小时太阳了。我猜可能是要赶着去下一场约会吧,不过这次我学聪明了,不敢再开口问她这些事。我们一起朝着公园出口走去,但夏河理奈走得极慢。

"你受伤了?"

"不……没有。"夏河理奈红着脸站在原地,略带紧张地咬着嘴唇。

"不好意思……我看不清楚。"

"看不清楚?因为没戴眼镜吗?"

她害羞地点点头。

"我以为你今天戴的是隐形眼镜呢。"

"……我平时都是戴眼镜的,所以没买过隐形眼镜。"

难道今天是什么特殊的日子,所以她才会特意摘下眼镜?我不敢笑，只好拼命忍着上扬的嘴角。如果接下来要见的是个男孩，那这个男孩对她一定非常重要。

"要是带着眼镜，那就戴上吧。别担心，你戴眼镜一样很好看。"

她捂着嘴，迅速从包里掏出眼镜并慌忙戴上，不知道的还以为是在藏匿赃物呢。我心里暗笑，这般风华正茂的模样不禁让我又羡又妒。

我一边走向出口，一边思考该如何继续收集与二和美咲有关的信息。要是夏河理奈能顺利找到小田桐的联系方式自是再好不过，但要是找不到，那线索很可能就此中断了。我是要重新翻找毕业纪念册寻找下一个目标人物，还是应该找学校里的人问问呢？可是一想到那位关系算不得多亲近的网泽老师，我就不由得打了退堂鼓。那该怎么办呢？

"三浦老师还在吗？他是我当时的社团顾问老师。"

"三浦……就是那位喜欢战舰之类东西的社会科老师吗？"

"对！"难道果然还在？

"那教国语的杉本老师呢？"

"那个长头发老师？应该也在吧……只是我没上过那位老师的课。"

接着，我又说出了几位老师的名字，据说大多数仍在执教。不愧是私立高中，几乎不会出现人员流动。听到这里，我突然很想马上见一位老师。虽然从年龄上看，他很可能如今已经退休了，但我还是抱着一丝希望问道：

"现在的教务主任还是芦田老师吗？"

"是的。"

"阳光，我说句实在话，那些千纸鹤就别折了，根本没有意义。"

这是教务主任在高三那年的春天对我说的。

高二在满怀期待和希望中开始，又在不知不觉间悄然结束，没有留下任何值得铭记的事件。毫不夸张地说，最难忘且充满戏剧性的瞬间，莫过于在国际交流部门前遇见二和，并听了她的英语演讲录音。我没有做过任何会惹二和不快的事，但也始终无法拉近我们之间的距离。很幸运，高三重新分班后我们依旧在同一个班，但我知道这并不意味着我们的关系就会更进一步。那一刻的我已经很清楚，就算我们继续同班，我们的关系也不会有任何变化。

于是，千纸鹤引起了我的注意。我们学校每年都会向加利福尼亚州的姐妹学校赠送一千只千纸鹤，据夏河理奈说，这个活动至今仍在持续。每年春天，学校都会在楼梯口放置一个用于收集千纸鹤的信箱，有兴趣的学生可以将折好的千纸鹤扔进去。我不知道都有谁在这么积极地折千纸鹤，不过每年年底都会集齐正好一千只千纸鹤，且基本上都能按时抵达大洋彼岸。这并不是出于慰问的目的，因为那所学校一切安好。只是作为一种友谊的象征，以及希望借此传播日本文化。

原本我对这些活动是毫无兴趣的，不过自从知道了负责收集千纸鹤的是国际交流部，而且我还可以把折好的千纸鹤亲自送到国际交流部成员的手里后，情况就发生了一些变化。为什么去年就没人告诉我呢？那岂不就意味着，只要折了千纸鹤，就可以堂堂正正地去找二和了？虽然我们互换了邮箱地址，但我也不敢无缘无故给她发邮件啊。所以这个活动对我来说简直就是福音。

　　于是从那天开始，除了制作塑料模型外，我还会每天放学后在社团活动室里折点千纸鹤。但我并不打算折很多。我想慢慢地、认真地折好每一只，所以我打算一天只折一只。毕竟，质量远比数量更重要。对折时一定要使用尺子，一旦出现哪怕只有一点点变形，我都会毫不留情地丢掉。自己觉得满意的千纸鹤，都会在次日早上直接交到二和手中。我想让她觉得这就是我无聊时打发时间的成果。

　　"谢谢。间濑君的千纸鹤总是折得特别漂亮，你真是太厉害了。"

　　"……呵呵。"

　　"如果有时间的话，可以再继续折点吗？"

　　"嗯，如果我有空的话。"

　　一般都只会交谈两三句话，所以做这件事的性价比算不得多高，但我还是看到了这件事背后的价值。把千纸鹤递给二和时，我总会忍不住想象起二和来新闻部活动室时的情景。那个时候，我已经做完了大约四十个塑料模型。虽然速度有所下降，但那只是因为我对每个模型的质量都有了更加严格的要求。书架上摆放的成品，就连我都觉得有些过于完美了。汽车、军舰、飞机、城堡，各有十个左右，排列得整整齐齐，看起来十分壮观。要是二和看到，肯定会惊讶得说不出话。只要让她看到,我们的关系就一定会发生巨大变化。一种奇妙的自信和坚定从我的内心深处不断涌出。

也正是在那段时间内的某一天,教务主任在新闻部的活动室里对我说了那句话。那天,我与往常一样,坐在活动室里折着千纸鹤,教务主任则坐在我身边喝着热乎乎的焙茶。

"阳光,我说句实在话,那些千纸鹤就别折了,根本没有意义。"

"……为什么?"

"那就是些纸片而已。你折得再多,也只能得到一堆纸片。"

"只会得到……一堆纸片。"

"别做无意义之事了。"

"……那塑料模型为什么就可以?"

"或许你会给自己找一个冠冕堂皇的理由:做模型是为自己,而折千纸鹤则是在为别人服务。这就是个巨大的谎言。基于这个巨大的谎言,打着为别人着想的名号折出的千纸鹤,就是做这件事的人的傲慢。要是真心替人着想,就应该明白根本没有人需要这些毫无意义的纸片。"

"……毫无意义的纸片。"

当时的我并不太明白他话中的含义,不过现在明白了。确实,千纸鹤毫无意义。不过那时的我,为了给自己找个冠冕堂皇的理由与二和搭话,还是非常卖力地继续折着。

令人哭笑不得的是,那年折的那些千纸鹤,最终因为清洁工的疏忽,全都被当成垃圾丢掉了,一只也没飞往加利福尼亚州。当然，那时的我不可能预测到后面的事情。

"你准备几点出发？"

我看了看手表，然后告诉满平大约十二点出发。我还得在营业所里处理一些琐事和订单。

"咦，你要去参加高尔夫比赛吗？"

我一边填写参赛申请表，一边点了点头。

"我听人说，如果想提交业务改进方案，就一定要参加这个比赛。多在部长面前露露脸，方案才会更容易被采纳。"

"这是听谁说的啊？"

"小暮啊。"

"可是小暮他当初不是反对你提交业务改进方案吗？"

"他当时是反对，不过也给了我不错的建议。"

见我笑，满平也笑了。

"小暮还真是个好人啊。"

"是啊。他给的建议非常详细，甚至具体到了每条方案的内容。多亏了他，我的方案质量得到了大幅提升。真是一位很靠谱的前辈。"

或许是边说边记的原因，我一不小心写错了字，赶紧翻找起修正带。我也参加过几次高尔夫比赛，但从来没有取得过拿得出手的成绩。大概每五杆就有一次空杆，每三杆就有一杆削草皮。看样子比赛前还是要多练习练习啊，否则上场后岂不是很尴尬？

写完申请表后，我突然感觉喉咙里好像卡着什么东西，忍不住咳了起来。咳嗽止住后,我瞥了一眼捂在嘴边的手帕,发现上面居然带有少量血渍。想到要是被满平发现了又是一顿折腾,我连忙将手帕折好收了起来。虽然我的支气管向来不好,但咳血却是最近才出现的症状。也许小暮说得对,我最近有些太拼命了,只是自己没有意识到这一点。为了抽出时间去见真锅和东,我有时候不得不提前一天完成工作。我在茶水间漱了口,并仔细检查嘴唇周围是否还有血迹。难道是那次去唱卡拉OK的时候唱伤了嗓子?但我也就唱了两首而已,不至于这么脆弱吧。好在我除了有些咳嗽外,暂时没有其他不舒服的地方。看样子得抽空去医院看看了。

"我还是要买块手表吧?"

"手表?"

在通往停车场的电梯里,满平询问起我的意见。

"对呀。从下周开始,我就要自己一个人见客户了。所以我觉得,还是戴块手表好。"

"这个嘛,每个人的习惯不一样啊,也不是所有人都戴的。我虽然也戴手表,但大部分人还是习惯用手机看时间吧。"

"但是,总不好当着顾客的面掏手机看时间吧。"

"那当然。"

"有什么推荐吗?对了,你买的是哪一款?"

我卷起袖子,露出手表给他看。虽然我对手表没有什么讲究,但还是比较钟情于日本精工的飞行员手表。这块石英表性能一般,也不贵,主要是我对与天空相关的产品比较感兴趣。

"这就是那个飞行员手表吧?"

"我也不是很了解,不过据说飞行员都戴这一款。而且我也挺喜欢它的设计。"

"你好像很喜欢天空啊。"

"……你怎么知道?"

"你不是经常仰望天空吗?"

这都被他发现了?

"有这么经常吗?"

"这个,嗯……其实我也是听小暮说完才注意到的。他说,间濑时不时就会看着天上,是不是有什么烦心事啊?我这才注意到还真是这么回事。"

他还真是一个眼观六路耳听八方的人啊。

"我曾经听过一个故事,一下子就对天空感兴趣了,然后就慢慢养成了仰望天空的习惯。"

"哦?什么故事?"

这就又得说到教务主任了。毕竟,对一个人性格塑造最牢固的时期,莫过于介于成人和儿童间的青春期了。漫溢的激情和盲目的冲动,以及试图压抑它们的那种疯狂的绝望感和挫败感,在一种微妙的平衡中塑造着我们的心灵。顺利度过的青春期会为我们留下一个近乎完美的心灵,而某些方面过剩的青春期,在极端情况下甚至可能结出一枚疙瘩扭曲的心灵苦果。可我不知道,对我们而言到底哪一种结果才是真正的幸运。我只知道,不管人们喜欢与否,首先都要保证活得下去。

之所以不再制作塑料模型,是因为大学的入学考试已经迫在眉睫。我要发愤图强了！幸好新闻部的社团活动室本身就是一个很棒的自习室。我决定把在社团活动室的课余时间分成三部分：一成时间用来折千纸鹤，三成时间用来制作塑料模型，六成时间用来学习备考。我的目标是考入一所中等程度的私立大学，所以感觉也不需要学到废寝忘食的地步。只要保持目前的水准，就一定能顺利考上。对于入学考试，我还是相对比较乐观的。

见我居然在社团活动室念起书来了，教务主任明显有些失望，满脸落寞地喝着焙茶，吃着茶点。我有时真想问问他：作为一个老师，看到学生认真念书不是应该高兴才对吗？当然我也不敢真说出口。遇到难题的时候，我也会拿着参考书问教务主任。

"老师，这道题——"

"不知道。"

"啊？"

"我什么都不懂。学习太难了。"

不管问多少次，得到的都是相同的回答。我最终还是放弃了向他请教学习问题。而且，只要他过来，我都会十分贴心地放下学习资料，卖力地制作起塑料模型。教务主任果然很高兴，和我分享了他所知道的各种知识。平时的教务主任，看起来总给人一种神秘的感觉，唯独这时候才最简单直爽。

某天，教务主任给我讲了一个关于侦察机彩云号的故事。这个故事与其他故事稍有些不同，而且和教务主任的生活紧密相连。或许正因如此，它才让我大为震撼，而且深深地击中了我的心。

那天，我正准备组装一架塑料模型飞机。之所以选了这架飞机，其实单纯只是它被放置在纸箱里一个比较好拿的地方，而且这架飞机外形细长，样子很酷。仅此而已。

"这是彩云号。"

听教务主任这么说，我又重新看了一眼纸箱，上面果然写着"彩云"二字。

"我父亲就曾驾驶过这架飞机。"

"……这架战斗机？"

"这不是战斗机，是侦察机。它和战斗机不一样。"

紧接着，教务主任大概讲了两个小时，这是有史以来我和他聊得最长的一次。篇幅所限，只能做简要概述，很多内容不得不忍痛割爱了。奈何文字难以如实传达教务主任口述那种生动的现场感，也实属遗憾。

"二战"期间，教务主任的父亲是一名空军飞行员。虽然他实际驾驶更多的还是比彩云号更早的战斗机，但他一直对彩云号情有独钟。彩云号是在"二战"后期才投入实战的，作为当时为数不多的侦察机一直被视若珍宝。它最引以为傲之处就在于它的速度。据说其最高航速为329节[①]，是当时最快的顶尖机型。据说，曾经还有一名彩云号飞行员发电报说，天底下没有任何敌机可以追上它。这是一种三座式机型，可以容纳三名机组人员乘坐。前排是飞行员，中间是侦察员，电报员则面朝机尾坐在最后方。教务主任的父亲当时就是飞行员。

---

① 依照国际定义，1节航速等于1海里每小时，也就是1.852公里每小时。

"我父亲的工作就是拍下敌方的照片。他会飞到敌方航母、驱逐舰、战斗机出没的地方,拍下照片,然后在返航途中用电报传回准确的信息,这就是他每天的工作内容。有时候,自杀式飞机会根据我父亲的信号起飞升空执行任务。其实他一直都十分自责,因为正是他发送的信号,让同伴踏上了不归路。"

与特攻队士兵不同,特攻队士兵的使命是自杀式撞击,也就是舍身赴死。而负责驾驶侦察机的教务主任的父亲,则被要求一定得活着回来。

"日复一日,看着身边的上级和同僚们接二连三地陆续死去,死亡也变得不再那么可怕,反而开始让人觉得自己也愿早求一死。希望在与敌人的战斗中,早日往生彼岸。作为一名飞行员,最大的愿望就是能够生在空中,死在空中,唯愿不要在地面的轰炸中死于非命。横竖一死,倒不如尽早在空中灰飞烟灭。"

当时的技术与现在的技术不可同日而语。那时,拍摄敌方照片必须在白天的阳光下进行。当然,这也意味着你的飞机会暴露在敌人的上空。就算彩云号飞得再快,也保不齐什么时候就会被从空中或是舰艇上飞来的子弹击中。

"然而,这并不代表晚上执行任务就更轻松。据说父亲执行任务的时候,就曾用在暗夜中使用强光探照灯的方式,让对方的飞行员瞬间失明来使敌机坠落。换句话说,在暗夜中飞行时,真正可怕的并非黑暗,而是突如其来的强光。明亮和黑暗同样危险。"

所以,这是一项时刻与死神共舞,却又绝不能死的任务。

教务主任的父亲曾向同伴抱怨说,虽然他非常清楚自己的使命，可总有一些瞬间，想要不顾一切按下操纵杆，在疯狂的扫射中一头扎进敌方的阵地。战友闻言心下大惊，便给教务主任的父亲出了个主意。战友说，你不妨起飞前在屁股下垫一张纸，上面写下一件死也不愿意让别人看到的事情。如此一来，即便偶尔头脑发热，也会因为投鼠忌器而改变主意。你肯定会担心，万一尸体被美军打捞上来，他们一定会嘲笑你。教务主任觉得，在当时战局胶着不利的状况下，战友那么说，大概只是为了缓解紧张的气氛吧。然而，教务主任的父亲却当了真，并且真的照做了。

"他真的把自己将来的梦想和愿望写成了长篇大论，然后垫在屁股下。很幼稚对吧？不过，父亲也因为这个顺利活了下来。每当心魔作祟，父亲就会想到屁股下的那张纸，然后告诉自己必须活着回去，必须回去把那张纸收好。当然，这听起来有点魔幻，但是对在死亡边缘徘徊求生的人而言，说不定真的会成为他在那一刻的终极心灵寄托。有时候，仅靠一张纸就能把人从死亡的极端压力中拉回来。"

之后，教务主任继续向我讲解彩云号的详细规格、逸事和特点，但最让我印象深刻的还是这个故事：一份写着梦想的备忘录，一架没人能追得上的高速侦察机。正因为教务主任的父亲成功活了下来，才能生出此刻站在我眼前的教务主任。这个世界就是由各种机缘巧合组成的。一切都是那么无常、那么珍贵。

我组装着彩云号的塑料模型，突然也想在里面放一张写有自己梦想的备忘录。我觉得这有一种难以形容的浪漫。高中生就是这样，一旦有了一个想法，他们就会直接付诸行动，而不会过多考虑行动是否有意义。我用圆珠笔把我的梦想写在一张从笔记本撕下来的小纸片上，折叠整齐，然后用镊子把它塞进飞机模型里。我记得，当时考虑到座位附近的零部件比较密集，所以最终是将字条塞进了飞机的腹部。遗憾的是，我完全不记得当时自己写的是什么梦想了。之所以开始制作塑料模型，其实就是因为我没有梦想，所以哪怕我的确写下过一个梦想，也已经完全记不起来了。

总之，就是从那时起，我养成了仰望天空的习惯。倒也不是在逃避现实，只是每当我想象彩云号以无人能及的速度消失在地平线上时，内心就会变得无比澄澈宁静。彩云号承载着的，是一张纸和写在其上的梦想。它或许能够带着我前往某个遥远的世界。

这一切都多亏了教务主任的父亲在那个战火纷飞的岁月中活了下来。我想对生命和言语的接力表示衷心的感谢。

九度目の十八歳を迎えた君と

自从踏上这回忆之旅,这就成了经常挂在我嘴边的一句话。

让人怀念——说出这句话时,我的内心充斥着对往昔的怀念和对时光流逝的无奈,不过更多的其实是轻微的快感和满足感。这是我们两个人之间的小秘密——这种优越感让我不由得心头一暖。

就算对着话筒重复再多次"我是间濑",他也不可能想起我是谁。因为在他心里,我根本就不是什么间濑,只是阳光。

教务主任说周四下午一点可以抽时间见我。虽然那是上班时间,但我完全可以将这次见面视为一次销售工作。毕竟,业务区域内的学校本就是我们的优质潜在客户。只要随身携带一张PPC材质的宣传单,就可以算是合理合规的销售工作了。而且,我从几个月前就一直在跟进的另一个大项目也已经差不多确定下来。照这样看,未来三个月我的销售业绩必将继续稳居第一。每天都在如此卖力工作的我,偶尔开点小差也不是什么大不了的事情吧?

从这周起,满平就要独自拜访客户了,于是我也就能独自一人返回母校。入校前必须先到传达室登记,这多少让我有点失落。对母校而言,我已经完全是个外人了。跟工作人员打了声招呼后,我便按照教务主任的指示,向新教学楼二楼的接待室走去。墙上不时扑鼻而来的尘土味,勾起了我对往日岁月的回忆。

穿着鞋底几乎被磨平的破拖鞋爬上楼梯时,千头万绪瞬间涌上心头。终于也轮到我穿拖鞋了啊。我傻乎乎地踩出鞋底漏气的声音,不禁喜笑颜开。这可不仅仅是一双穿在脚上的拖鞋,更是鞋主权威的象征。在高三的某个夏天,我听到了这样一个可笑却又极其有趣的说法。

某天,活动室的门突然被人敲响。教务主任从来没有敲门的习惯,所以反倒是我时刻做好了来人的准备。会是谁呢?只见推门进来的是一位身穿黑色西装、年轻漂亮的女子。

"好久不见。"女子笑嘻嘻地说道。

我一时记不起眼前这位女子究竟是谁。

"不会吧,你把我忘了?"

"……中愿寺学姐?"

"很好。看来你还记得我。"

我们大概有两年没见面了。不是我找借口,但这么长时间没见,没能立刻想起来也算正常吧?相较两年前,中愿寺学姐出落得越发成熟干练,让人很难将她与记忆中的那个女孩画上等号。她褪去了少女时期的可爱,添了几分女性特有的娇艳。光是这么同处一室,就令我不由得把腰板挺了又挺。

简单聊了几句我才知道,中愿寺学姐是来向恩师报告自己找到工作的事的,顺便拐来活动室看看。

"没想到这里居然有人,吓我一跳。"

"……你已经工作了吗?"

"我读的是短期大学[1],所以明年毕业。时间过得真快啊。"

---

[1] 日本的短期大学是以职业技术教育为重点的大学,注重培养学生的实践能力,是一种学制为二到三年的高等教育机构。

中愿寺学姐在教务主任平时坐的折叠椅上坐了下来，然后慢慢环视着活动室。很快，她的目光就被窗边书架上的塑料模型所吸引。

"那是什么？"

"……嗯，算是我的一个小爱好吧。"

"哦？这全都是你做的？"

"是的。"

"自己一个人？"

"是的。那个，对不起啊。"

"为什么道歉？"

"……我自作主张。"

"别这么说。"中愿寺学姐脸上露出了微笑，双手托腮靠在长桌上。

"这里又不是什么传统的活动室，你尽管用就是了。而且，你做得也太棒了。我可以看一下吗？"

"当然可以。"我回答道，声音有些颤抖。这还是我第一次向教务主任之外的其他人展示塑料模型。真是不敢想象，这就是我一直期待的场景啊。我和中愿寺学姐同时站了起来，我慌忙在口袋里擦拭手心渗出的汗水。

正如我所料，中愿寺学姐问了我一些关于塑料模型的问题。比如，这是什么机型，那是什么车之类的。我结合教务主任之前告诉我的信息，一一向学姐详细解说。虽然很紧张，我却说得异常流利，甚至事后我还觉得自己是不是有点说过头了。我必须把我积蓄的所有知识都说出来。那是一次丝毫没有考虑对方感受的自以为是的演说。

中愿寺学姐一开始还边听边附和,可是听到后面终于变得表情凝重,一言不发。或许是我的解说太过于晦涩难懂了吧。

正当我开始不安的时候,学姐先是开始小声啜泣,紧接着竟然泪流满面,放声大哭起来。我一时间变得惶恐且狼狈。学姐滴落的泪水瞬间渗进脚下的地板。

"抱歉,我也没想到会这样。"中愿寺学姐强颜欢笑,摇头说道。

"因为回到活动室让我想起了很多事情,我也不知道自己这是怎么了。让你碰到我这个情绪不稳定的学姐,真是抱歉啊。"

中愿寺学姐坐回原来的位置上,用手帕捂住眼睛继续哭了起来。就在我不知所措的时候,学姐突然抬起头来。她大概哭了有五分钟吧。

"让你看笑话了,真是抱歉。"

"……没有没有。你还好吗?"

"谢谢。"中愿寺学姐再次用手帕擦了擦眼泪,目光瞥见了我放在桌上的参考书和笔记本。

"在准备考试吗?"

"……是的。"

"准备报考哪所学校?"

当我说出自己的目标大学时,中愿寺学姐重重地点了点头。

"很好!上大学绝对是上上策。虽然在我看来大多数男生也就那样,但你不一样,你不应该去上短期大学。"学姐有些痛苦地点点头,接着便开始端详起自己脚上的拖鞋来。

"我应该早点意识到这一点。从高中开始,我就该多注意脚下才是。"

"……脚下?"

"对啊。"

中愿寺学姐就坐在那里,伸着腿。她大概是想给我看她的拖鞋吧,但我的眼睛不受控制地瞥向了她裙底露出的大腿。我被自己羞得面红耳赤,赶紧移开了视线。

"他们特意为每个年级学生所穿的室内鞋做了颜色区分,我早该明白这一点的,在日本这个国家,年龄问题就是一个不可逾越的鸿沟。"

"……什么意思?"

"现在的高三生穿的是蓝色室内鞋,高二生是绿色,高一生是红色……对吧?"

我点点头。

"你觉得,学校为什么要这么做?"

"这……"

"这是一个非常重要的信息。老师、成年人,乃至这个国家的所有人都会基于你的年龄来对待你——我说的是区别对待,这就像一种无声的宣言。每个年级的学生都被要求通过彩色鞋子表明自己的身份,而具有高度权威的教师们穿的都是市售的鞋子。外部人穿的则是象征外宾身份的拖鞋。"

其实我听不太懂她究竟想说什么，又听了一会儿后这才明白，原来中愿寺学姐正在为自己的短期大学学历发愁，她可能难以找到理想的工作。虽然我没能问到她想找什么类型的工作，但她说自己想应聘的岗位都只招收四年制大学的学生。

"我想，大概是因为人在大三到大四之间的这一年会有突飞猛进的成长吧，所以大部分企业都不会对短期大学的毕业生委以重任。"

真没想到她会对着学弟说出这么讽刺的话，我都不知该怎么接话了。

"不好意思啊，我怎么像是来找你诉苦似的。"

"……没关系啊。"

"间濑，要是我不想工作了，你愿意娶我吗？"

我当时真应该毫不犹豫地回答："肯定愿意啊。"要是能加上一句"我真的可以吗？"之类的话，那就更完美了。学姐当然不是真的想嫁给我，只是想听我说句安慰她的话而已。但是青春期的少年就是诚实得可笑，我当时怎么都说不出一个"好"字。我总觉得要是答应了她，就相当于背叛了自己的梦中情人二和美咲。真不明白，我到底是在照顾谁的心情。就像是在表明我绝不会见异思迁的决心一样，我总是会时刻注意与女生保持距离。然而明明什么都没开始。哪怕心里早就开心得想要蹦起来了，表面上也要装傻充愣。

"哈哈哈，对不起，我就是跟你开个玩笑而已，别这么为难啦。"

"……不好意思啊。"

学姐对我淡淡一笑,简单地道了个别后就走出了社团活动室。她挥手离开时落寞的背影,和她那渐行渐远直至消失不见的脚步声,都像报纸燃烧后的余烬一样,深深地留在了我的心底。

我穿着象征外宾的拖鞋一路啪嗒啪嗒地走向接待室,教务主任已经坐在里面喝起热乎乎的焙茶了。他用的依旧是当年那个水壶,只是表面的凹痕比以前更大了。他的头顶似乎不如以前那般茂密,脸上的皱纹也加深了一些,但大体上还是看不出明显的变化。绝对是芦田教务主任无疑。不知为何,一见到他,我的眼眶就忍不住湿了,赶紧低下头掩饰自己的激动。对于许久没见的人,许多人会自动将其归入已故朋友的队列,虽然这么说实在不礼貌。

"阳光,你还活着啊!"看样子他的想法和我一样啊,"我都快不认识了啊。系上领带感觉成熟多了。"

"好久不见,很抱歉占用了您的时间。"

"怎么这么客气?我就是个闲人,有什么好担心的,坐下吧。"

像是验证自己的记忆似的,他开始讲起了他当时对我的印象——性格沉闷、没有进取心、反应呆滞……几乎没有一句是夸奖我的。不过他用的是戏谑的语气,所以我听了也不觉得伤心。更何况,教务主任说的都是事实。这么多年过去,仍能被他记住,我已经深感荣幸了。

"说吧,今天找我什么事?"

我本还想再与他一起回忆一会儿往昔时光,但还是决定先切入正题。因为我已经不再是新闻部的成员了,印刷公司的销售人员可没有太多时间用于闲聊。

"有个和我同龄的女孩,现在好像还在这里上学。是一个名叫二和美咲的高三女生。您认识她吗?"

"啊……认识,只是没有深入了解过。我知道的只有她还在学校这件事而已。"

"我想知道为什么她一直停留在十八岁。所以,想问问您现在学校里的一些情况。"

"哦。"教务主任将焙茶一饮而尽后叹了口气。"怎么说才好呢……青春期少女面临的问题总是多种多样的,很难一概而论。只是,年龄这个东西确实很不讲理,我也挺能理解她的迷茫。"

"……您能理解啊?"

"当然啊!要不是年龄的鸿沟不可跨越,说不定我也能和奥黛丽·赫本相恋呢。但这种事,就算捶胸顿足也改变不了的。"

"……啊?"

"好歹能胡思乱想一下吧。"教务主任一脸认真,"而年龄这堵高墙甚至能让人连胡思乱想也做不到。你也可以试试爱上山口百惠,然后你就会因为求而不得痛苦不已。"

"啊……"

"总之呢,年龄是个很可恨的东西,远凌驾于性格、能力、本质之上,也对决策起着决定性的影响,我实在不喜欢啊。算了,不谈这些了,你具体想问什么?"

我打开笔记本开始提问。首先是国际交流部的现状。正如夏河理奈所言，如今国际交流部已经十分沉寂。原因很简单——没有新人加入。从我升入高二那年——学校不再要求所有学生必须参加社团活动开始，国际交流部就没有吸纳过一个新人了。随着小田桐退学，幽灵成员真锅毕业，二和美咲成了国际交流部中唯一的成员，且一直持续至今。

"校方觉得已经没必要让某个社团承担大量工作，于是由网泽顾问出面，将国际交流部的工作拆成了好几份，由学生会和各个委员会接手，大家一起分担着完成。在那之前，为了保证国际交流部的工作效率，老师们每年都会积极动员新生加入。后来大家不再动员，自然也就没有新生加入了。"

"还是不打算废除吗？"

"因为校方觉得这是个历史悠久的社团，而且也还有一名成员啊，所以就一直保留至今了。很蠢吧？"

我不禁苦笑。教务主任则一脸不悦地吃着炸米饼。

接着，我又问了小田桐的情况，并说明她是在我读高三的那年退学的，想问问他是否知道其退学的原因。不出意料，他说自己对小田桐其人毫无印象。或许只要翻翻过去的资料能找到她当时登记的联系方式，但他又不能这么做，因为针对已经退学的学生，就不能用整理校友名单之类的说辞来调取档案了。所以他帮不了我。

"不过呢。当时国际交流活动室的活动记录倒是公开资料，所以给你看看应该也是没有问题的。或许那孩子在里面……没有留下联系方式吧。算了，活动室应该还有，我拿一部分来给你吧，就当是给你的礼物了。"

教务主任刚走出去，我就发现他的身影好像比当年瘦削了一些。是因为我长高了，还是因为他真的变瘦了？论年龄，教务主任还远没到可以称为老人的地步，但不得不说，自我毕业已经过了好多年。我内心突然涌起一阵酸楚，微微眯起了眼睛。

"好安静啊。"

"上课的时候就是这样，大家都在教室里无聊地学习着。"

我不由得微微一笑。

"能问您一件事吗？"

"只要不是学习相关的事情就行。"

"您当年为什么会支持我做塑料模型？甚至还为我做了一个架子。"

"哈哈。"教务主任开心地笑了。因为笑得太厉害，中途还咳了几声，接着又继续哈哈大笑。"确实是有过这回事呢。"

"没有什么特别的理由吗……"

"嗯，怎么说呢。我这个人就是这样，一见到哪个学生在做特别的事情，我就坐不住了，总觉得自己要为他做些什么才好。我不想让他和我一样觉得遗憾。所以，这也算是一种自我满足吧。"

"和您一样遗憾？"

"我出生在一个非常无聊的家庭。"教务主任继续说道，"无论我想做什么，父母都反对。他们只会在我耳边不停地念叨'快去学习'。那时的我没什么主见，每天就只是听父母的话乖乖学习。后来，在父母的劝说下，我成了一名老师。我这才意识到，原来自己除了会学习外，几乎没有任何技能。于是在三十多岁的时候，我突然觉得自己不能再这样下去了,便开始尝试挑战各种各样的东西。四十岁左右,我终于找到了自己的兴趣。可到了五十岁的时候,我又突然意识到自己已经没有时间和精力再去追求兴趣和梦想了。要是这一切都能提早二十年该有多好啊。我不希望自己的学生也像我似的,所以我会让每个有梦想的孩子都尽情释放天赋,并努力为他们创造最有利的条件,这就是大人应该做的事。因为,没有人可以战胜年龄。"

教务主任站在空中走廊上,眺望窗外。上体育课的男生们正在操场上踢着足球。

"你上学的时候,社团活动是强制参加的吧?"

"是的。不过也只有高一那年是这样。"

"真是个愚蠢的规定。趁着年轻,就应该把时间花在做自己喜欢的事情上,青春是人生最大的财富,就算是大人,也无权逼迫孩子浪费青春。"

我突然想起了一件趣事。高一刚入学的时候,我就一直有一个疑问——明明学校规定每个学生都必须参加社团活动,却又默认了旧校舍部这个超然于外的特殊存在。怎么看都很矛盾。不久,我们从素来爱传闲话的排球部顾问那边打听到了原因,并很快在教室内流传开来——据说,规定"学生必须参加社团活动"的人是副校长,而教务主任则一向反对这条校规。几年前,副校长说服校长制定了那条校规,自那以后,所有学生都必须加入某个社团。出于不满和抗拒,或是为了给学生们提供一条逃离的通道,教务主任在旧校舍中一股脑儿地设立了许多个社团。一开始,我并没有任何怀疑。可随着对教务主任越来越了解,我也越发觉得这个传言不可信。因为以教务主任的性格,他可不会做这么麻烦的事。

但今天,我又改变了想法。我没有问他,因为这么做多少有些不合时宜。不过,我想真心地对他说一声谢谢。

"谢谢您。"

"什么?模型架?"

"还有很多。"

教务主任微微一笑。我也笑了。

"对了,您四十岁时找到的兴趣是什么?"

教务主任没有回答,看起来还有些不好意思。看那样子,不是故意吊我胃口,而是真的不想回答这个问题。我不敢再深究,便闭了嘴跟着他继续往前走。每个人的心里都有一扇不愿被人推开的门。

来到国际交流部的门口后,教务主任从腰间掏出了备用钥匙,却打不开门。我仔细一看,发现门上除了钥匙眼外,还多了一把小挂锁。

"对了,国际交流部有这个,等一下,我去教师办公室拿钥匙。"

教务主任走后,我透过门上的小窗往里看。这一看,惊得我差点尖叫出来——里面完全变了一番模样。高中三年,我只进过两次国际交流部。第一次是高一那年,来这里提交社团活动介绍问卷,第二次则是在发生噪声事件的时候。虽然两次我都没有认真观察过这个房间,但至少记得里面堆满了文件和书籍,是一个让人感觉很压抑的狭小空间。

而现在,这里几乎成了一个空房间,只剩下一个我修好的储物柜、一个书架、一张长桌子和一把折叠椅子。我不禁开始想象,二和美咲独自坐在这个比以往冷清许多的房间里时,该是什么模样呢?我叹了口气。这和我躲在新闻部里做塑料模型又有什么差别呢?

"找不到钥匙了。"没过多久,教务主任就回来了,一脸遗憾地跟我道歉道。

"网泽老师在上课,不在办公室里。不好意思啊,我打不开门。"

"办公室入口处不是挂着一个钥匙箱吗?拆除了?"

"嗯?钥匙箱还在,但是钥匙不在里面。"

我简直不敢相信自己的耳朵。

"也就是说,二和没有把钥匙还回去?"

"是的。嗯,她经常忘了还。"

我再次透过窗户向里面看了一眼。当然,这一眼看到的景象与前一刻毫无差别,依旧是一个失去了灵魂和光芒的寂寥空间。

"真的很想拿到活动记录吗?"

"……嗯?那个,唔。"

教务主任沉吟了片刻,留下一句"图书馆里也许还有一部分"后,就朝着新校舍的方向走去了。看着教务主任跑来跑去的样子,我的心里着实不是滋味,但我如今已是一个外人,也不好自己过去搜资料。

醒过神来才发现，自己居然因为百无聊赖而迈开了步子。我正沿着走廊往回走，此刻已经走到楼梯间了。其实我的目的很单纯，只是想到楼下的新闻部社团活动室看看。因为，我想确认一件自高中毕业那天起就一直困扰着我的事情——

我的那堆塑料模型后来去哪儿了。

毕业离校时，我没有带走那些塑料模型，而是将它们留在了学校里。至于为什么我没有将它们带回家或是直接处理掉，个中原因留待后文再叙。所以我对它们后来的去向一无所知。它们现在还在那里吗？——不知为何，下楼梯时，我的内心充满了期待和不安。

一到一楼，我就忍不住苦笑了——因为谜底直白得令人扫兴。我到现在还记得当时旧校舍一楼的布局——从楼梯开始，依次是四个并排的社团活动室：数学研究部、新闻部、科学部、摄影部。果然如我猜想的那般，所有活动室都换上了新牌子，从铜管乐队储备室A一直排到了铜管乐队储备室D。我顿时泄了气，真不知道自己在期待什么。

透过曾经的新闻部活动室，也就是今日的铜管乐队储备室B的小窗户缓缓朝里看去，里面堆满了箱子，看起来应该是用来收纳乐器的。我对乐器几乎没有什么了解，所以难以想象那些究竟会是什么乐器。不管怎么说，这里都已经不再是我熟悉的活动室了。当年的长桌、折叠椅，还有教务主任为我做的架子，全都消失得无影无踪。如今，左右两侧都摆满了用来存放乐器的大架子。就连那个大架子，看起来都已脏污不堪。这么说起来，国际交流部还算保留得比较完整了。

现在，这到底是哪里呢？我慢慢地闭上眼睛，内心深处似乎有什么东西正在收缩。

"外宾怎么还自己瞎逛起来了？"

因为过度感伤，我居然没有注意到教务主任已经走过来了。

"怎么了，发现模型部消失了？"

"嗯……完全消失了，但那是新闻部。"

"就是模型部！你什么时候写过新闻？"

"写过啊，至少每年都写过一次。"

"那跟没有有什么区别？"

教务主任也同我刚才一样，微笑着将脸贴在小窗上朝里看了一会儿。也不知是不是因为我正沉浸在怀念的感伤之中，我总觉得他的侧脸上似乎带着一抹淡淡的忧伤。

"那些塑料模型……"明知不该问，但我还是忍不住问出口了，"那些塑料模型后来去哪儿了？"

"我那时，总喜欢过去看你做模型。"教务主任依旧看着屋内，"无论下雨、刮风，还是大雪纷飞的日子，我都会坐在你的身边，看你冬天搓着手，夏天擦着汗，日复一日组装模型的样子。当时我就觉得很好奇，你为什么要这么卖力地做这件事呢？你的心里究竟藏着什么目标呢？但我亲眼看着你一路走过来，我明白你为它们付出了多大努力。你觉得，自己一点一点拼凑出来的那些心血，后来都去哪儿了？"

"……去哪儿了？"

"笨蛋。除了扔到垃圾桶里，还有其他选项吗？"

"确实……是啊。"

"你就是个笨蛋。"教务主任微微皱眉,"就这么全部抛弃了。"

我无话可说。本想用打哈哈来掩饰自己的羞愧,或是深鞠一躬以表歉意,但似乎又都不太合适。我要道歉的对象既不是学校,也不是教务主任,而是高中时期的自己。于是,我只好用假装掸掉衣服上的绒毛来掩饰自己的尴尬。

"里面还剩三十多本,我各拿了一本,给你吧。"

教务主任递来的是我高中三年期间由国际交流部发起的活动记录,一共三册。不愧是这所学校最权威的社团。每本小册子的厚度都与电影宣传册差不多,而且装订得很好。封面采用黄色仿革纸,油墨单色印刷,具体的单价会根据印刷份数的不同而改变,不过大概的价格嘛——我怎么算起这个了……大概已经默认了在工作时间收到的纸制品都是客户要的样品。职业习惯可真是个可怕的东西啊。

"今天真是麻烦您了。"

"这就要回去了?"

"是的,很高兴这么多年后还能再见到您。"

"幸亏你是今年来见我。"

"这是什么意思?"

"这是我职业生涯的最后一年了。"

听懂这句话的含义后,我惊讶地张大了嘴巴。

"岁月不饶人啊,我也到了退休的年纪。"

"这……"我勉强挤出了一句,"这么多年,您辛苦了。"

"一点都不辛苦,我一直都在偷懒。"教务主任有些得意地笑道,"从现在开始,我就要全身心地投入自己的兴趣里了。"

"您打算做些什么?"

"首先是自驾摩旅车旅行。"

"……您不会是在开玩笑吧?"

"怎么说话呢,我可是认真的!"教务主任用右手做出一个转动油门的动作。"只要你想,没有什么是做不到的。这可能和我刚刚说的有些矛盾,年纪大了以后,就特别容易后悔,遇到一点困难就会很绝望。所以最重要的是,从现在起跳。"

一直到最后,我也看不出这到底是不是他的真心话。这么多年过去了,我也依然觉得琢磨不透他。他一路将我送到了校门口,我鞠躬道谢后,钻进了停车场内的公务车。大概是不舍得走出曾经的记忆,我没有立刻发动车子,就这么坐在车内望着天空发呆。

就连高速飞过的彩云号,似乎都变成了教务主任的本田摩托车,逐渐消失于天际——我不由得被自己的想法逗笑了。一直以来,教务主任在我的心里都是点心和焙茶的代名词,实在很难把他和时速高达三十多公里的东西联系起来。

我坐在驾驶座上,打开教务主任给我的国际交流部的活动记录。这是我高二那年的记录。突然,我的眼睛停在了其中一页上,回忆如潮水瞬间涌出。

在"成员简介"那一页上,贴着四位国际交流部成员的个人照片,其中也包含了我们的前辈。当然,二和的照片也在其上。照片中的二和用手指着窗外，任由清风吹乱一头秀发。她的笑容永远都是那么清新明媚，时隔多年依旧让我心动。我知道她指的是什么。而且，或许我还是这个世界上唯一知道的人。那时，她指着窗外告诉我，她就是在那里看到了一只大乌鸦。

这不就是那天我为她拍的照片吗？

我看着照片不由得低喃道："真让人怀念啊。"

自从踏上这回忆之旅，这就成了经常挂在我嘴边的一句话。

让人怀念——说出这句话时，我的内心充斥着对往昔的怀念和对时光流逝的无奈，不过更多的其实是轻微的快感和满足感。这是我们两个人之间的小秘密——这种优越感让我不由得心头一暖。

刚进公司时，那些老员工偶尔会问我"你应该不认识中森明菜吧？"或者"这首歌你应该没听过吧？"之类的问题。

我也会特别给面子地答道："怎么会呢？高中时我经常听她的专辑。《北翼》《十戒》《南风》，还有《慢动作》，这些我都听了好几百遍呢。"

不过，老员工们听完并没有瞪大了眼睛对我说"天哪！你居然还知道中森明菜！"之类的话，一般都只会说一句"是吗"，有时候甚至还会露出"可惜"的表情。

在我看来，重要的不是听了几遍中森明菜的歌，而是曾经是否经历过中森明菜火爆全球的那个时代。所以，哪怕我听了几百次中森明菜的CD，都应该回答："完全没听说过。"

这样一来，他们就肯定会露出一副"我就知道"的表情。算了，我从来就不是个善于察言观色的人。

"那个年代可真好啊，你们这代人是不会懂的。"

确实如此。消失于世的东西正因为只会留在自己的心中，才显得弥足珍贵。每个人都在寻求机会追忆往昔。怀念，就像一颗味道不散的口香糖，嚼再久也不会觉得腻，但也永远不会有饱腹感，有的时候，甚至还会胃绞痛。看样子，怀念也需谨慎啊。

除了二和美咲外，另外的三张照片分别是两位前辈，以及我的目标人物——小田桐。这里没有真锅的照片。小田桐是连东都赞赏的美术天才，照片中的她正拿着画笔在油画布上作画。校服的外面套着一条沾了颜料的围裙。我一眼就认出了她。

原来她就是小田桐啊。

我很了解她——这么说可能有些夸张。实际上，我和她之间的交流，仅限于她曾对我说过的几句话。那么，为什么那些话会让我一直牢记到现在呢？原因只有一个——她的话实在是太震撼了。听到那些话后，我顿时感觉脑子一片空白，仿佛自己的青春被人丢进雪克杯里疯狂甩动，思绪一片混沌。当时我正准备走进新闻部活动室，听到那句话的瞬间，感觉整个世界都停止了。那是高三那年的秋天。

"美咲可能喜欢你。"

顿时，我浑身发颤。

语言的力量真是超乎想象。我握着活动室的门把手，愕然地看着这个突然出现的女生。我感觉自己听到了一句极其不切实际，而且难以置信的话。我大概是听错了吧。不，我一定是听错了。

"美咲,你认识吧?二和美咲。她好像喜欢你。"

我慌张地环顾走廊,不过放学后的旧校舍一楼自然看不到其他人影。我动了动嘴,却不知道该说些什么。话说回来,这个女生到底是谁啊?从室内鞋的颜色来看,我们应该是同年级的同学,但我似乎从未见过她。这是个身材娇小的女孩,长着一双大眼睛,乍一看很是乖巧可爱。但她双手抱臂的模样实在有些咄咄逼人,说话时的语气也十分生硬。那句本该让我兴奋的话,从她口中说出时不免多了几分警告的意思。

"你就是新闻部的间濑吧?"

我战战兢兢地点了点头。

"美咲总是跟我提起你。譬如今天跟你说了什么话,你经常给她折千纸鹤之类的,而且聊起你时还总是神采飞扬的,连我都不免有些吃惊。"

我从来都只是个默默感受地球自转的人,但此刻,似乎有什么东西正在萌芽。

"我想知道她口中的间濑到底是个什么样的人,所以就在这里等你了。"她将我从头到脚地扫视了一遍,然后轻轻点了两次头。

"如果你也有意,就快点给美咲幸福吧。"

"……幸福?"

"就是对她表白。"

我感到了一股巨大的冲击力,就像手枪的子弹穿膛而过,血液从胸口喷涌而出一般。当然没有真的流血,但我确实感觉到了心头一震。

"单恋很痛苦的,你要是个男人,就赶紧给她幸福。看到美咲这样,我也很心疼。"

"……你不要胡说八道。"

我脱口而出,然后逃跑似的钻进了活动室。我关上门,屏住呼吸,将耳朵贴在门上,确认外面的女生已经上楼后,这才长舒了一口气。胸中似有一座蓄势待发的火山,我在活动室里来回踱步,试图平复心情。我绕着长桌,一圈又一圈地快走,身心仿佛相连一般,思绪也跟着不停转动。白痴才会相信一个陌生人的话,她绝对是在胡说八道。或者就是认错人了,一定是这样。不过她刚刚提到了"折千纸鹤"……那就无疑只有我了。要是这样……难道二和她真的对我……

怎么可能!

那天,直到睡觉前,我的思绪都没有停歇过。过去与二和的点点滴滴不断涌上心头,让我时喜时忧。那一夜,我不出所料地失眠了。

第二天在教室里,二和的模样一如往常,但看起来又像是知道了些什么。当我们目光交错时,她立即尴尬地转移了视线。我跟她打了声招呼,她的回应也不太自然。不行,我怎么净找些她喜欢我的证据呢?二和不管对谁都是这个态度啊!那天夜里,我依旧失眠。

其实在这期间还发生过一些小事,只是之前并未特意提及——高三那年,学校也依例举办了文化节,新闻部也依例在活动室前贴了一张根本没有人会看的墙报。顺道说一句,我做的墙报是基于影视评论家发表的上半年搞笑电视剧排行榜做的，排名第一的是木村拓哉主演的《华丽一族》。所谓的影视评论家，其实就是我姐姐和我妈妈。

许多文化部的高三学生都在文化节结束后离开了社团，那时的我也已不在新闻部成员的名单上了。唯独那间活动室，我实在不舍得归还。

"这间活动室……我可以继续使用吗？"某天，我战战兢兢地问教务主任。

他歪着脑袋低声道："我哪知道。随你的便。"

虽然算不上批准，但至少算是默许了。我从暑假开始上预科学校，不过只会在有课的时候去学校，其他时间则照旧去活动室。我暂时还能独占这间教室。

就在那期间，发生了一件事。那个女生突然出现，并说了一句让我久久无法平静的话后，又过了几日。

我一如既往在活动室里备考，可那天总觉得楼上特别吵。不是那种大吵大闹的声音，而是像谁在拖拽什么重物的声音。断断续续响了有十几二十分钟吧。很显然，这声音来自新闻部的正上方——国际交流部。我一向反应迟钝，但这次的噪声实在过大，甚至影响到了我学习。我戴上耳机以当耳塞用，但也完全挡不住那噪声。那声音简直就像河马苦于重病的呻吟，穿过耳机震动我的耳膜。说起来，国际交流部的噪声已经持续好几天了。就在昨天，还能听到像是在连续捶打墙壁的敲击声。莫非是在进行大翻新？

前三天预科学校有课，所以我早早地就离开了活动室，可我今天本打算在活动室里学习。我合上参考书,仰头望着天花板发呆,然后开始做起了心理斗争。

心里出现了两个小人,一个劝自己忍气吞声——"别管了,可能一会儿就安静下来了";一个鼓励自己大胆上楼——"趁着投诉的机会,不是正好可以去国际交流部走走吗?"两个小人处于一种微妙的平衡中。要是去了,就能见到二和。去?还是不去?

我决定了。如果十分钟后还是安静不下来,我就上去找她。好笑的是,就在我下决定的瞬间,噪声停止了。我不由得眉头一皱。楼上仿佛偷听到了我的心理活动似的,又响起了另一种噪声。听起来像是发动机转动的声音。我一个箭步冲出活动室,这次必须要赶在楼上恢复安静前到达。等等,二和已经退出国际交流部了吧?那么,现在教室里的不就只有其他人了?我早该想到这些!可是在此之前,我已经抬手敲了活动室的门。

"哪……哪位?"我白担心了。活动室内传来的,毫无疑问是二和发出的声音。因为就在她说话的同时,噪声也消失了。

"我是间濑。"我在门外冷声道。

我尽量摆出一副不耐烦的样子。

不一会儿,二和开了门,她的额头上满是汗珠。像是刚运动完,还轻喘着气。她这副模样着实吓了我一跳,但想到自己必须得强硬一些,我又急忙控制住了表情。

"……你这里有点吵。"

"啊,是吗……真是不好意思啊。"二和环顾了走廊,然后有些尴尬地笑了笑。

"因为我在搬储物柜……啊哈哈。"

"是在拖吧?"

"是啊,因为实在是太重了。"

"就你一个人?"

"……嗯,是的。"

我瞬间鼓足勇气,说了一句:"我来帮你。"不过为了维持住自己"有些不耐烦"的形象,我还是努力压低了声音。说出这句话,实在是下了很大的决心。

"啊?帮什么?"

"你不是要搬储物柜吗?这样拖也不是个办法啊。"

"不用不用,我已经搬好了。接下来只要用钻孔机把耐震金属零件固定好就行了。虽然有点难操作,不过应该很快就不会吵到你了。"

"那剩下的我来吧。"

"算啦。太麻烦了。"

"钻孔机也一样很吵。"

二和妥协了。我反思了一下自己的说话方式会不会惹人不快,但又告诉自己,这是为了与二和同处一室的不得已而为之的做法。我接过二和不知从哪儿借来的电钻和耐震金属零件,然后径直走向活动室右角的储物柜。储物柜放得可真随意。但是二和说,把储物柜挪到这里是为了和即将搬来的书架保持对称。看样子这里果然是在翻新。

秋风微凉,但或许是二和闭门工作的缘故,活动室里依旧被一股暖意包裹着。加之两人共处一室的紧张感,我不禁满脸通红。脑海中还时不时闪现那个神秘女生的话,就更加不敢直视二和了。

L形固定件似乎是用来将柜子固定在木地板上而非混凝土墙上的。应该是为了防止发生地震时,储物柜向前倾倒。弄清原理后,我拿起螺丝。地板上有个小洞,大概是二和拧坏的。

"我帮你抵着储物柜吧。"在我拧第一颗螺丝时,二和走过来说道。于是我的脸更红了。工作本身没有难度,但我的余光时不时能瞥见二和飘逸的裙子,心也止不住地怦怦乱跳。

"谢谢……你好厉害啊。"

做了那么多塑料模型,这项工作对我来说小菜一碟。真是一场不费吹灰之力的胜利。我有一肚子话想对她说,却又不知该从何说起。就连电钻和制作塑料模型之间的技术关联性,我也未必能说得明白。我怎么总爱在这种莫名其妙的地方认死理呢?

"间濑,你还待在活动室啊。不是已经退部了吗?"

"啊……是啊,不过还有点其他事。"

"活动到什么时候结束?"

"……大概,到毕业吧。你不也是退部了吗?"

"国际交流部的活动,要到寄出千纸鹤为止。"

"……啊,原来如此。"

固定件总共有四个。我继续低着头默默干活,以免被她看到我通红的脸。我很快就麻利地装好了两个固定件,可当我接过第三个固定件时,突然发现二和的神情有些奇怪。她和我一样脸上泛着红晕,若将其归因于室温,那湿润的双眸又该做何解释?她在抵着储物柜时，一会儿撩撩头发，一会儿摸摸耳垂，看起来很不自然。这果然不是我的错觉，她的内心也很慌乱。

莫非……或许……二和真的对我有意——我的脑海中突然闪过这个念头，但多疑的人格最终还是以微弱的优势胜出了。但二和接下来的话，让我彻底动摇了。

"……间，间濑。"二和怯生生地开了口。

我装作毫不在意，依旧盯着螺丝和固定件应道："怎么了？"

"那个……就是……"

"就是什么？"

"你没听说什么吗？"

这是我第一次没拧上螺丝。我慌忙用手压着滑走的螺丝，抬眼看了看二和，又迅速移开了视线。

"……什，什么？听说什么？"

"就是……那个——你真的什么都不知道？没有听到一些奇怪的传闻吗？"

"什么传闻？关于谁的？"我非常慌张，下意识地用左手擦了擦脸，然后努力压低声调问道。"我什么都没听说啊。"

"真的吗？"

我佯装不知地点点头。

"这样啊……那就好。哈哈，抱歉抱歉，忘了我刚刚的话吧。"

这样就别怪我拧不好螺丝了……我努力控制着颤抖的双手，继续一颗又一颗地拧着，只是比刚才费劲了好几倍。尽管我一向沉稳慎重，但眼前的状况还是让我忍不住多想。二和会这么问，一定不是无缘无故。想到这里，那个女生的那句话再次浮现在我的脑海中。

——就是对她表白——

这事光是想想，我就觉得世界已经燃成了一片灰烬。活动室里的体感温度已经超过三十摄氏度。我幻想着自己对二和表白时的场面，然后发现这对我来说实在是太难了。算了，还是写封情书给她吧，毕竟写信的方式更符合我的性格。我一定会写的，而且一定会马上写。我可能——不，我是绝对不会被拒绝的。

我用尽全力拧紧最后一颗螺丝，仿佛是在告诉自己：这次就算错了也要坚持到底。我的信念是那么强烈、深沉、执着，力气大到就连木地板都微微翘起。

那天傍晚，我立刻跑到书店买了一本恋爱指南，夹在两本参考书中间走出书店。和做塑料模型时一样，我总会在踏足未知的领域前先找参考资料。而且当时的网络还远不如现在这么发达。

"表白时，要注意不要过于强硬，要给对方留有拒绝和选择的余地，让对方觉得你是个豁达、包容的人。"——我按照恋爱指南上的建议，在那封长达四页信纸的情书末尾，写了以下这句话：

感谢你读完。不用马上答复我，只要在毕业前给我一个答案即可。

20歳

九度目の十八歳を迎えた君と

适应了沉默后,我才缓缓地开了口。这是我有生以来第一次将人生中最痛苦的记忆说给别人听。内心的伤疤像被浇了开水般疼痛,但我该直面这一切了。

追忆往昔，总会带来些许愉悦和满足——这么说或许有些矛盾，不过回忆之旅越接近尾声，就越让人痛苦。过去已然成为过去，但毕竟都是自己亲身经历过的事情，终究还是与阅读史书截然不同。痛苦化作清晰的记忆，蚕食着我的身体，无法轻易忘却。

这一天，我又在对面的站台上见到了二和的身影。我习惯性地拿出手机，犹豫着要不要告诉二和自己见过了教务主任，但又觉得说了以后反而会更麻烦。毕竟，二和并不知道我和教务主任的关系，仅靠早上这点时间，肯定是说不清楚的，我只好作罢。我放下手机，抬头望着天空，彩云被厚厚的云层所包围。

突然，对面的站台上一阵骚动。

待我看清到底是怎么回事后，脸色顿时变得煞白。我急忙拨开排队乘车的队伍，冲上自动扶梯，赶往对面的站台。等我赶到那边时，二和的身旁已经站满了人。她倒在站台上，一动不动。好几个人都一脸关心地呼唤着她。我也挤进人群，不停地叫着她的名字。许久，她才慢慢地坐起身来，只是呼吸十分急促，脸色也很难看。但她还是摆了摆右手表示自己没问题，接着虚弱地站了起来。她表示想去长椅坐坐，我便扶了她过去坐下。

"……间濑，怎么是你？"

"你怎么了？没事吧？"

"是贫血……贫血。"二和苦笑道，然后紧紧闭上了眼睛。"不要紧的，我经常这样，稍微休息一会儿就行。"

"经常？"

两名站务员走了过来，大概是听到了刚刚的骚动。他们向我轻轻点了点头，然后蹲下询问坐在长椅上的二和。

"要不要去站务员室再休息一下？"

"……不用。谢谢你们。"

"真的？"

"是的……只是小毛病，打扰你们了。"

站务员似乎很担心，但还是轻轻点了点头，然后站起来转向我。

"她是你的朋友吗？"

"……是的。"

"我们把她交给你可以吗？"

"她经常出现这种状况？"

"要说经常……啊，也确实如此。大概一个月一两次吧。"

目送站务员离开后，我看着呼吸慢慢平稳下来的二和。她用手帕捂着嘴，合上眼睛，仿佛在忍受着某种痛苦。

"什么时候开始出现这种情况的？"

"……不记得了。"

"以前不会这样吧？"

二和没有回答。

"是因为年龄吗？"

她依旧默不作声。

"因为你想一直停留在十八岁，所以才会变成这样？"

"都说了不知道，我又不是医生。"二和闭着眼睛笑道，"好啦，间濑，你得去上班了。偷懒可是会被部长或课长骂的。我真的没事了。"

"……怎么可能没事？"我还有很多话想说，可又找不出合适的语言。我的话到底有多大的力量，能让她因为困难、痛苦和时光的消逝挣扎至今。想必那件事就是她坚守着十八岁的原因吧。我大概能猜出来。虽然我不知道其中的具体细节，但至少已经从教务主任给我的活动记录中找到了一个答案。但如果要我用语言表达出来，又实在太过艰难且痛苦了。

"如果……"

二和的声音细若蚊吟。或许她根本不想让我听见，只是自己在小声嘟囔着。她的声音低弱无力、沙哑，还夹杂着喘息。我很想假装听不见，可现在后悔也已经来不及了。二和仿佛祈祷般小声说道：

"如果你不是间濑，也许我就可以拜托你做很多事情了。"

我缓缓地闭上眼睛。

马上就要十一月了。夏河理奈曾说过，让二和走进十九岁的最后期限是今年之内。我本也是这个打算，但现在看来，是该改变主意了。重要的不是时限，而是尽快让二和体内的时间之河恢复正常流速。

那周周六，我又在那个公园里与夏河理奈见了面。她依旧坐在那张长椅上，穿着与上次一样的外出服，脸上也稍微化了点淡妆，不过这次似乎是听从了我的建议，她戴上了眼镜。看样子下午又有约会吧。这个季节穿灰色短裙，我看了都不禁打了个寒战。

"周四那天，二和还好吧？"我担心地问道，"我在车站看到她似乎有些不舒服。"

"周四……就是她迟到的那天吧。"

"她没事吧？"

"嗯……感觉和平时没什么两样啊。"

我姑且放心了，于是便长话短说。

我想拜托夏河理奈的事情很简单——溜进国际交流部的活动室里看看，而且不要让二和发现。仅此而已。找一个恰当的理由跟网泽老师借活动室的钥匙，实在不行就以我的名义，找教务主任帮忙。或许后者更可行。总之，我希望她进去看看。活动室里或许藏着些二和不为人知的秘密，而且极可能与她的年龄有关。

夏河理奈兴致索然地点了点头。其实就连我自己也不愿意这么做。我不知道国际交流部对现在的二和来说意味着什么，但至少对高中的我而言，新闻部的活动室就是我的私人空间。未经许可随意窥探别人的领地，多少会让人生出些罪恶感。出于种种考虑，我还是希望将此事交由二和的同性朋友夏河理奈来做。我当然不是让她拿着一纸搜索令破门而入，然后翻个底朝天，而是只需像检查设备一样，帮我稍微看看里面的情况即可。在我的一再劝说下，她总算答应了。

"我可能会突然找你帮忙，也希望你能尽快协助完成。除此之外，我还发现了一个需要确认的地方。小田桐的联系方式……"

"目前还没找到。"

"那就拜托你继续打听了。不好意思，我知道这件事不容易。"

看她好像有些闷闷不乐的样子，我的语气也变得愈发小心翼翼起来。我成长在一个女权家庭，所以跟父亲一样，早就习惯了察言观色，虽然这并不是什么值得夸耀的事情。

"虽然完全是我的直觉，但我觉得我们已经很接近二和问题的核心了。大概就差一步了。"

"……真的吗？"

我非常严肃且慎重地点了点头。其实，我已经说完了所有想说的话，但又觉得就这么草草离开有失礼貌。

"……为什么你每次都这么着急走？"

她盯着地面问道。看到她紧皱的眉头，我不由得将腾空的屁股重新放回长椅上。

"跟我待在一起就那么……那么无聊吗？"

"……怎么会呢，不好意思啊。"

"我可以问你一件事吗？"夏河理奈没等我回复便继续说了下去，声音也似乎比平常坚定了几分，"我不知道你是基于跟美咲的哪段回忆，又是提出了什么样的假设。关于以前的事情，你向来只字不提，我也无从得知。也许你的推断是正确的，但是我觉得……那一定不是对的。其实答案很简单，不是吗？"

她双手握拳，放在膝上，对着我继续说道。

"社团活动、活动室，抑或是小田桐，它们之间根本没有任何关联。你心里难道不是清楚得很吗？为什么还要揣着明白装糊涂呢？"

"……我没有。"

"你撒谎。既然你不承认，那我就直说了吧！"

我根本插不进话。她的语气比以往更加强烈，语速更是飞快。偶尔也会停顿一下调整语速，然后重新措辞，大概是自己也意识到过于激动不好吧。但没说几句，她就又开始激动了起来。——就这么反反复复地说着。她的言语像熔岩般灼热，又像利炮般重重地砸在我的胸口，而我只有乖乖听着的份儿。

"美咲因为恋爱问题而患上年龄病，至今还是一个十八岁的高三学生。她得年龄病与当时的同班同学间濑之间有着某种联系。间濑爱……爱慕美咲，给美咲写情书，但是没有收到回信。就在前些日子，美咲在校门口见到了多年未见的间濑，这让她原本平静的心再次起了波澜……好了！这些不就是一切的真相吗？这不就是你要的答案吗？美咲因为遗憾而被一直困在十八岁，且迟迟无法毕业。这一切不是因为其他任何人，就是因为你，间濑！美咲一直都在纠结如何回应你的告白，从你们还是同学的时候开始，纠结到了现在。间濑，你递给她情书时，是不是说过类似希望在她毕业前给你回复的话？正因如此，美咲才无法从高中毕业。所以，结论就是——造成美咲停留在十八岁的罪魁祸首——就是你。也正因如此，你才会对美咲始终保持十八岁这件事感到极大的不适与奇怪。我说的不对吗？你无话可说了吧？"

公园里的树木在凛冽的寒风中摇曳着。

空气中回荡着短暂而梦幻的声音，如同远在天边的熙攘。

等她尽情发泄完后，我又沉默了许久。我们都需要冷静一会儿，无论是我，还是夏河理奈。她需要时间平复心情，而我则需要时间面对自己的过去。二者均非易事。

适应了沉默后，我才缓缓地开了口。这是我有生以来第一次将人生中最痛苦的记忆说给别人听。内心的伤疤像被浇了开水般疼痛，但我该直面这一切了。

"不对。"

我直视着她的眼睛说道。只有这样，我的话才能直击她的内心。

"不对，你说的根本就不对。"

夏河理奈也直直地盯着我。她刚刚一口气说了那么多反驳我的话，现在看上去有些疲惫。确认她不打算再反驳后，我继续慢慢地说道。

"我不打算骗你，只是有些话不愿意说出口而已。我向你道歉，对不起。哪怕到了我现在这个年纪，向其他人提起过去的辛酸往事，还是会觉得难为情的。"我深吸一口气，整理好措辞，尽量让自己看起来不那么忧伤。

"我喜欢过二和，还给她写过一封情书。但是，仅此而已。"

我的心一下子揪紧了。

"但那封情书，我没给她。"

夏河理奈瞪大了眼睛。

"某天，我发现二和其实有男朋友了。我曾见过她在走廊与一个陌生男人拥抱。所以，就扔掉了那封情书。"

秋风再次吹来，夏河理奈的裙子也随风微微摆动。

"真锅和东大概都不知道她有男朋友了，但我一直在寻找他的踪迹。如果正如你所说的，二和停留在十八岁的原因是恋爱问题，那极可能与那个男人有关。他不是我们的同班同学，不过至少现在算是有点眉目了。所以计划不变，小田桐和活动室的事情就继续拜托你了。"

对于与二和的关系，我有十足的把握，写好情书后我才开始慎重地考虑什么时候交给她。虽然现在已经想不起具体的原因了，但当时综合考虑了各种因素后，我最终决定在十一月的最后一天交给她。我知道，要是不尽快选定时间，我的软弱便终将战胜冲动。我提前把情书放在活动室的书架里藏好，就连教务主任也发现不了。我继续日复一日地在活动室里努力备考，直到那一天的到来。我告诉自己——没事，一定会有好结果的，别担心。

这期间的某一天，因为实在静不下心来学习，我便重新拿起塑料模型，打算涂个色打发时间。距离密集制作塑料模型的那些日子，其实已经过去很久了。我并不厌烦制作塑料模型，但也不至于因此沉迷其中、玩物丧志。书架上已经摆好了教务主任建议做的五十个塑料模型,连我自己都叹为观止,我也就不准备继续做下去了。

我总是习惯性地将涂完色的零件拿到屋顶,而且希望拿着塑料模型的零件时和某个人——二和相遇。这个由幼稚想法形成的毫无意义的习惯,最终导致了一场悲剧的发生。

"我不要!"

上二楼时,我听见国际交流部传来二和的声音,于是停下了脚步。她的语调明显不同于往常。我急忙跑上楼梯,然后探出身子看向走廊,但又立刻缩了回来。咚!我的心瞬间石化。一种绝望感油然而生,仿佛内脏也在接连腐烂,体内的血液逐渐变成了蓝色。与此同时,内心深处传来一阵支离破碎的声音。

在国际交流部的活动室前,二和被一位穿着便装的男人拥抱着,并且在止不住地哭泣。

从她紧紧回抱男人的双手来看,应该不是因为被男人拥抱而挣扎流泪。两人仿佛永远都不愿分离般,非常、极其、十分有力地紧紧相拥在一起。男人放在二和背部的右手似乎缠着绷带,但我看得并不十分真切。或许他只是拿着一块白布,又或者只是我眼花而已,那里根本就没有什么白色的东西。我的思绪一片混乱。

"真的对不起。"男人低沉的声音在走廊里回荡。

"之前的约定……还算数吗?"二和抽抽搭搭地说。

"对不起。"

"我会为你做任何事。只要我帮得上忙……所以,求你。"

"谢谢。真对不起。"

男人第三次道歉，衣服的摩擦声告诉我两人已经分开。同时，我听见男人的脚步声离我越来越近。我脑子里就一个念头：快跑！本想迅速跑下楼，却被自己绊了一跤，身子重重地摔在楼梯口上。手里的零件被无情地摔落一地。我没精力去管身后的事情了，只是慌忙地捡起地上的零件，然后径直逃进新闻部的活动室。

关门，上锁。

"咔嗒"一声后，寂静降临。

活动室鸦雀无声，仿佛先前看到的光景皆为幻影，将现实的种种完美地隔绝开来。周围异常安静，只听得见自己粗重的喘息。在楼梯口摔伤的部位也开始隐隐作痛。记忆翻涌而出，苦涩一阵又一阵地从心底蔓延开，令我愈发心碎。

我可真是一个小丑。

轻易爱上一个人，白费功夫地努力了好几年，为一些无聊的琐事时喜时忧，忽而欢呼雀跃，忽而痛彻心扉，最终落得个狼狈不堪的下场。

我原本只想叹一口气，怎知一个怪声也随之冒了出来，突然，自己就像一个兴奋的野人般低吼着。像是寻找感情无疾而终的宣泄口，我粗暴地将手里的塑料模型零件一股脑儿地塞进垃圾桶里。都没用了。接着，我又从书架的抽屉里拿出那封情书，像拧抹布一样揉成一团。这个也不需要了——不过是废纸一张。一次、两次、三次，我使劲揉了一遍又一遍，最后奋力丢进了垃圾桶。然后，我的双脚不由自主地走向摆放着塑料模型的书架。这些，也没用了。我的双腿颤抖着。

我果断地抓起眼前的巡洋舰塑料模型，把它举过头顶，然后狠狠地砸到地上——怎么可能？刚想这么做，浑身的力气就像被抽干耗尽了似的，只剩下一声长叹。

或许是因为抓得太紧，许多零件从塑料模型上脱落，像雨点般纷纷落在我的头上。操纵杆、舰载机、主炮、电探从松动的施敏打硬胶水中挣脱开来，抚摸着我的头。无论我多么仔细地参照实物给塑料模型进行涂色和组装，无论这些成品多么精美，也终究只是些塑料仿制品罢了。意识到这一点后，我便把它们放回了原位。心如灼烧般疼痛。

那些塑料模型，我无法割舍，但也不想再多看一眼。

我想起储物柜里塞着一条学长们留下的遮光窗帘，于是取出来盖在了书架上。五十多个成品就此全都隐入黑暗之中。如此便好——我告诉自己。就这样吧，把一切都忘掉，这一切都毫无意义。我想起了教务主任对那些千纸鹤的评价——一堆毫无意义的纸片。眼前这些塑料模型又何尝不是如此呢？表面上装作在为自己做塑料模型，到头来不过是把它当作引人注目的噱头。没有人见过这些"别有用心"的塑料模型，从这个层面上来说，它的意义远不如千纸鹤。我不再沉醉在这些劳而无功的事情里——千纸鹤、塑料模型，以及二和美咲。

我在活动室里失魂落魄地坐了好几个小时。

第二天，由于清洁工的疏忽，我折好的那些千纸鹤全都被当成垃圾丢掉了。塑料模型消失于黑暗，千纸鹤最终也没能飞往美国。

22

九度目の十八歳を迎えた君と

当年发生过这么大的事故,而我却对此毫无察觉,是我过于迟钝,还是二和表现得过于坚韧?或许二者都不是。我不是一个敏锐的人,但二和也绝非演技高超的女演员。回头想想,当时我完全有机会发现一些蛛丝马迹。

永苔流转——

或许这就是他们相识的契机。我的嘴角不由得上扬,目光被书法教室门口这幅大气磅礴的挂轴所吸引。现在是上班时间,此刻我也应该是个销售人员,但很快我就将这个费神的念头抛到脑后了。我打算先说明来意,捋顺思路后再询问对方。没过多久,一个年约七十岁的女性便迎了上来。虽然她头发花白,脸上布满细纹,但炯炯有神的大眼睛给人一种雍容华贵的感觉。

"您好,您是哪位?"

"突然造访,真是抱歉。"我低头拿出国际交流部的活动记录,然后指着其中一张照片。

"照片里的这个地方,就是这里对吧?"

女人戴上挂在脖子的老花镜,点点头答道:"是的,是这里,没错。"

"您认识这个男人吗?"

"……啊,是木之本。"

我点点头。总算知道了二和男朋友的名字。

总而言之,通过这次的书法教室之行,我大体上了解了二和与她当时的交往对象——木之本羊司之间发生的诸多事情。获取这些信息轻而易举，顺利得让人难以置信，简直就像对我百无聊赖的高中时代的一种嘲笑。

当年发生过这么大的事故，而我却对此毫无察觉，是我过于迟钝，还是二和表现得过于坚韧？或许二者都不是。我不是一个敏锐的人，但二和也绝非演技高超的女演员。回头想想，当时我完全有机会发现一些蛛丝马迹。

那我为什么没有发现呢？其实原因很简单——当时的我把心思全都花在了自己身上。读报纸、制作塑料模型、打造自己的身份、暗恋，我将所有的精力都花在这些事上，自然也就无暇顾及旁人。不仅是我，也许二和美咲、真锅和东也是如此，所有人的青春期都是一样的吧？只不过侧重方向各有不同罢了。也正因如此，现在回头想想，还能想出些迹象——

啊，原来是这么一回事。

反省就暂且告一段落吧。再怎么哀叹惋惜，也不会有任何改变。

教务主任给我的国际交流部活动记录中有一张照片。这是一张在书法教室的集体照，除了国际交流部的成员外，还有书法教室的相关人员。作为日本文化外宣活动中的一项，国际交流部似乎准备将书法作品寄到国外。当时的合作方正是这间书法教室。照片里站着小田桐、二和美咲，顾问网泽老师，以及曾与二和拥抱过的那个男人。我不禁感慨，自己对那个男人的长相居然记得这么清楚。一看到照片中的那个男人，我就如疮痂开裂般心痛不已。

还没来得及精准比对五官，直觉就告诉我——不会错，就是他！虽然有些排斥，但我还是仔细地再看了一眼。相貌清秀，一头短发显得格外清爽，笑容温柔和善，身材高大挺拔。至少从照片看，几乎找不出任何毛病。

活动记录中详细记载了书法教室的名字，所以找起来并不费劲。书法教室设在一个住宅区内，距离高中步行二十分钟左右的路程，不知情的路人很可能会误以为这只是一间普通的古民居。门牌旁边写着教室名称和电话号码。或许这里以前是住宅，后来被改造成了教室。室内充满浓郁的墨香和全新榻榻米的清香。我没有在农村生活过，但不知为何一走进这里，就徒然生出了一种近似怀念的情感。

出现在门口的那位女性名叫皆川，是这里的员工，据说已经在书法教室工作了将近三十年。起初在我想打听木之本时，皆川还是一副警惕小心的样子，但一听我提到二和美咲这个名字，她的神情就大不一样了。为了试探她的反应，我状似无意地提到了二和仍是高中生——仍处在十八岁的现状。听完，她轻轻点了点头，表情看起来似乎有些不太自然。

"啊……这样啊。"

"您能理解我说的'仍处在十八岁'是什么意思吧？"

"嗯嗯。我知道。就是年龄停止增长嘛。"

"那么，您见过年龄停止增长后的二和吗？"

"这个嘛……我想想看。没什么印象啊。"

这间书法教室离我们所在的高中不远。或许她和伊佐一样，曾在无意中见过二和。好在她并没有在这件事上做过多深究。听我说想解决二和的年龄问题后，她再次重重地点了点头。生怕叨扰太久，我正欲离开，谁知她竟毫不介意，反而笑吟吟地招呼我进客厅继续聊会儿："时间还早，难得有人来陪我说说话，我很开心。"既然如此，我也就恭敬不如从命了，和皆川在坐垫上相对而坐。

"木之本这孩子，我至今记忆犹新啊，那可真是个难得的好孩子。你有什么想问的就尽管问吧。幸亏今天是我在这儿，要是田岛……大概就什么也问不到了。"

正如皆川自己所言，她真是个非常健谈的人。她将自己记得的事全都跟我说了一遍，也不管对我是否有用。只不过因为话题跳跃得太快，偶尔也会出现时间线混乱的情况。所以，请允许我将她的话进行重新整理，这样应该就会比我现场听到的信息更有条理，也更好理解一些——

国际交流部每年都会与书法教室合作，给国外寄送书法作品。

"美国、柬埔寨、菲律宾……还有什么地方来着？一开始我们主要是寄送王羲之的临摹作品。你应该知道临摹吧？"

"不太清楚。"

"就是模仿原作的书法作品，也可以说是仿制品。王羲之是中国的书法家。不过，要想介绍日本文化，就要寄些具有日本特色的作品。为此，我们也加入了一些假名书法作品，就是混合了汉字和假名的书法作品，假名的笔锋在留白中连绵不断。国际交流部的成员大部分是女性，她们的加入，让整个教室都散发出恬静、温婉的气息。你看，这就是我们的书法流派风格。"

木之本羊司曾是这间书法教室的学生，据说是北海道人。我问不出他的具体年龄，但从皆川的话里推测，应该要比我大两三岁吧。他从小就痴迷于书法，可惜一直找不到自己喜欢的老师，于是拜托姐姐帮忙，最终找到这间书法教室，并来到了千叶。

"他姐姐是这间书法教室的员工？"

"那倒不是。不过，我想你应该认识。就是国际交流部的顾问老师。"

什么！原来网泽老师的娘家姓木之本啊。木之本羊司在姐姐网泽老师的帮助下，高中一毕业就来这里学习书法。他一边做着好几份兼职，一边跟着书法教室的老师，日复一日地磨炼自己的书法技艺。他似乎也没有考过大学。他愿穷尽一生追逐书法之梦，就算粉身碎骨也在所不惜——皆川感同身受般地用古装剧的口吻说道。

"这孩子真的很努力。"他进步的速度也令人瞠目结舌，没多久就被老师推荐给了好几个展会，一般人在这个年纪简直想都不敢想。皆川钦佩地述说着他的故事。总之，他是一个天赋异禀的人才。后来，他被安排负责与国际交流部对接。

那以后的故事，我便不太感兴趣了。但皆川正说得起劲，我也不好意思出言打断。我来这里只是想打听一下二和美咲与木之本羊司是如何相识又如何相知，并最终发展成恋人关系的而已。我想不明白，皆川怎么会那么了解其他人的事情呢？是她记忆力过人？还是她在叙述的过程中添枝加叶呢？总而言之，对于木之本羊司与二和之间发生过的一切，皆川似乎都了如指掌。我不免在心里暗暗骂了她一句"大嘴巴"，但很快就觉得是自己太过狭隘了。我真可悲。算了,不说我的事了。

总而言之,两人之间似乎有过约定。

"他们俩的故事可甜蜜了。"皆川笑着说道,"高三的二和想让木之本送她一个毕业礼物。而木之本勉强也算得上书法家,就答应了亲手为她书写毕业证。真是个感人的故事啊。"

"啊,确实。"我点点头,有些言不由衷地附和道。

"我也想不通后来怎么会变成那样。这件事被越来越多的人知道,就连顾问老师都被牵扯了进来,甚至发展到了让木之本亲笔书写高中毕业证的程度。就是抄写员。那个,你知道抄写员吧?"

"有所了解,毕竟我在印刷公司工作。"

皆川点点头。

"突然之间,所有人都开始关注这件事了。高中、印刷公司、外包的抄写公司,所有人都听说了木之本要给女朋友这一届的所有毕业生书写毕业证的事。太惊人了对吧?为了他的名声,我们拒绝了这件事,以他当时的实力而言,这么做其实有损他的身价。他虽说资历尚浅,但毕竟也算是个艺术家了。可是为了女朋友,他还是非常坚持要这么做。"

谁也没有想到,不幸很快就发生了。

"一天夜里,我在教室接到了一个电话。"

电话是从医院打过来的。皆川接到紧急来电后慌张地赶往医院,在候诊室里看到了脸色惨白的二和。网泽老师也在场。她的脸色同样煞白,但更多的是愤怒。这一点,从她大幅颤抖的肩膀便可知道。空气中弥漫着紧张的气氛,皆川也没能立即打听到任何消息。

"我也是后来才知道的。木之本右手的食指和中指都被切了。"

"是……受伤了吗?"

"不是的,是从根部起……"皆川用左手敲着食指和中指的第三个关节说道,"被整个切断了。"

那天,国际交流部有个户外拍照的活动,所以二和便独自外出了。不过这些都是从皆川口中得到的信息,是真是伪,我也无从判断。皆川告诉我,二和那天打算在河边拍夜景。为此,她还事先找网泽老师在学校里借了个工具——LED手电筒。她当时打算用手电筒照什么呢?拍照对象?还是脚下的路?不得而知。从皆川口中得知那条河的名字时,我的脑中隐约浮现出了那里的风景。好像距离这里也不远。我平时只会偶尔开车路过那里,但我记得那一带似乎没什么路灯。

据说,当时二和正在拍摄河流夜景,突然瞥见一个年轻人骑着自行车从桥上经过。正是木之本羊司。二和对着他喊了一声,但对方没有听见。为了引起他的注意,二和条件反射般拿起手电筒朝他挥了一下。"跟你说过很多次,不要拿强光照人——我到现在还清楚地记得,那位顾问老师在医院的候诊室里如此冲着木之本的女朋友怒吼的样子,她甚至还非常用力地扇了她一个耳光,很响。"

突如其来的强光让木之本羊司吓了一大跳,完全看不清前面的路,便下意识地转动了一下车头。其实,他当时就算立刻摔倒,最多也只会受点皮外伤。然而,他为了保持平衡,竟伸出右手抓住了护栏。正是这一举动，毁了他的整个人生。

"后来发生的事我就不太清楚了。其实啊，当地政府要负很大责任。据说，那个护栏坏了好久了。早在几年前，町内会①就开始不停地要求政府维修。小学生们在上学途中路过这座桥时，还经常被护栏划伤肩膀呢。那上面的金属已经弯曲、生锈了，看着就跟锯齿似的。"

"那也不至于切断手指吧？"

"当时他……"皆川将右手放在自己的胸口比画了一下，"是一下子倒下去的，全身的重量都压在了手上。"

木之本羊司刚用指尖摸到护栏，就从自行车上摔了下来，将全身的重量都压在了右手上面。手指并非被切断的，而是在体重的作用下硬生生被扯了下来。而且，还找不到断指，据说是掉到河底去了。

"这么说可能有些冷血。不过我们老师绝对不会乘坐电车以外的交通工具，无论是摩托车、汽车还是自行车，都是绝对不会碰的。因为我们比谁都清楚，自己的右手和自己的身体的重要性。从这个意义上来说，木之本还只能算是个业余爱好者。他出院后，老师虽心疼，也只是流着泪骂了他一个人，说他就是个傻子，这一切都是他自己的责任。对他的女朋友却是一句怨言或是责备都不曾有过。"

在书法的世界里，失去右手就等于失去了一切，左手根本替代不了半点。虽然也有一些书法家是用左手写字，但那毕竟是少数，

---

① 市町村之下的基层自治组织。

不可以偏概全。但木之本羊司并未就此放弃，一出院他就又立刻拿起了笔。结果可想而知，只剩下三根手指的他，就连写出字都成了一种奢望。每一笔，都必然伴随剧烈的疼痛。他本想努力按时完成工作，却不得不在现实的面前选择妥协。我这才终于恍然大悟。这就是为什么我们那届所有人的毕业证上都写着同一个名字——"毕业太郎"。

那件事后，我们高中与书法教室逐渐断了联系，也不再一起举办活动了。最终木之本羊司还是放弃了书法之路，返回北海道。

"所以，会不会是……"皆川用自己的猜测结束了这个话题。

"她一直在等木之本君的毕业证，所以迟迟无法从高中毕业。那个孩子看起来很是乖巧善良，一定是这样了。这么多年来，她一直都无法原谅自己。"

皆川说着红了眼眶。

"如果可以的话，你一定要帮帮她啊。"

"你知道木之本现在在哪里吗？"

"很遗憾，我只知道他在北海道，具体的就不知道了。"

皆川对我这个不速之客始终都表现得十分热情。我不停地对她道谢，她却只是笑着说自己正好闲得很。更何况，那件事也一直堵在她的心里，久久不能释怀。不知道和她聊聊过去的事，她是否也能像真锅和东那样，灵魂得到解放呢？好在皆川看起来心情不错，这也让我着实松了一口气。因回忆而窒息的人，有我一个就已经足够。

"这幅'永苔流转'的挂轴，是老师的作品吗？"我在门口穿鞋时问道。

"啊,是的。这是个造出来的词语,你居然读对了'苔'字的发音。真厉害!"

只是因为我认识这个词罢了——但我并不打算告诉她。

"高中时我在报纸上读过,苔字有两种发音,在'苔藓'和'舌苔'上的读音不一样。"这倒是事实。知识往往会猝不及防地蹦出来。

"这是老师造的吧?"

"啊……其实并不是。"皆川连忙摆手笑道,"这个故事还挺有意思呢。你知道永字八法吗?"

"不知道。"

"'永'字包含了书法所需的所有八种笔法——侧、勒、努、趯、策、掠、啄、磔。所以一直被视为最合适用于书法练习的字。于是,我们老师就想用'永'字造出一个适合学生练习书写的词语。但是啊,想不出来,毕竟我们的思维都很僵硬。"

说到这里,皆川看着挂轴嘴角微微上扬,那笑意中似乎带着一股苦涩。

"其实,这个词是木之本想出来的。听了他的建议后,老师也觉得非常满意,当即决定将之用作书法教室的宣传标语。整得好像是自己想出来似的,真是有缝就钻啊。"

我随口答了一句"原来如此啊",思绪则飘向了二和让我听她英语演讲的那一天——这是一位对我有着深远影响的人告诉我的,同时也是他自创的词语。讽刺至极。

"请问木之本有没有什么缺点？"

"……缺点？"

"嗯，哪怕是微不足道的方面。"

"嗯……我觉得没什么缺点啊。那孩子真的很不错，性格开朗、认真，还总会讲些笑话。长得也很帅，怎么想到问这个了？"

"啊，也没什么。"我暗暗后悔自己怎么问了个这么丢人的问题。

坐进公务车后，我又咳了一会儿。不出所料，手帕上又沾上了血渍，我不由得皱了皱眉。前几日，我终于能抽出时间去医院的呼吸科诊查，医生只是稍微看了几眼，就认定是压力引起的暂时性咳血。虽然我不觉得自己压力大，但既然医生这么说了，那想必事实也就是这样了吧。只要想起一些不好的回忆，就会咳出点血来。真是脆弱的心灵啊。

望着天空，我想起了许多年前的那次心碎。天边的彩云啊，希望你能飞得更远一些，飞到遥远的天际吧。

我连续两周与夏河理奈见了面。她坐在长凳上，脸上不见一丝笑容，大概是为上次的那些话感到羞愧吧。我并不想冷落她，还是如往常一样心平气和地和她打了招呼。她今天依旧穿得很时尚，只是色彩单调了些，看起来也比往日稳重了一些。她客气地跟我打了个招呼，然后说已经找过网泽老师了。

"……就和你在书法教室上听来的一样。"

在书法教室与皆川谈过以后，我当晚就给夏河理奈打了电话。听完我的话，她立刻就在次日放学后去了教师办公室询问网泽老师。她说自己当时努力用一种闲聊的语气，状似无意地问道：

"木之本羊司，是您的弟弟吧？"

网泽老师闻言十分惊讶，立即问她是从哪里听来的。夏河理奈连忙回答说是从书法教室的朋友处听来的。虽然网泽老师点头信了，但也立刻变了脸色。接下来的事情就不用说了，夏河理奈触发了海盗桶机关。据说她当时被吓得差点瘫倒在地上。想想也是，谁能受得了网泽老师那种暴脾气啊。她本打算再问几个问题，见此情景也只好收手，然后若无其事地问了一句：

"我听说您弟弟是个很有天赋的书法家。"

"……是啊。"网泽老师简单地回答了一句，然后就起身离开了办公室。

临走前还说了一句："但现在什么都没有了，因为某些人的过失。"

夏河理奈知道，再问下去也不会有任何新线索。这事怪不得她，因为换我也是一样。对话到这里，其实已经掌握了足够多的信息，再说下去只会徒增双方的不愉快。

"我终于明白为什么网泽老师对美咲那么冷淡了。"

夏河理奈接着说她去国际交流部内看过了。

"社团室的钥匙是问网泽老师借的吗？"

"不是的，她手里好像没有那个房间的钥匙。"

"这样啊……那是问教务主任借的？"

"没有。我是直接找了美咲。"

我被她的话惊得目瞪口呆。

"昨天美咲说要打扫社团房间，我就说要不我也去帮忙吧，扫完后再和她一起回家。"

"所以，二和同意了？"

"是的。她让我进去了。"

进去后，她也拿着扫帚与二和一起打扫了一会儿。房间很小，所以花不了太长时间。当时，夏河理奈一边扫地，一边粗略地看了看房间内的情况，并未发现什么特别的地方。可就在二和走进卫生间时，夏河突然在半开的抽屉中发现了一本笔记本。说到这里，她拿出手机，将当时拍下的那页纸拿给我看。

"里面真的只有一本东西，就是这本笔记本。"

那本笔记本看起来颇有些年头了。虽然从照片中看不出太多细节，但那些纸张明显已经开始泛黄。封面上用油性笔写着"日报"二字，里面则是二和和小田桐轮流写下的日常活动记录和感想。

"后面几页纸被人粗鲁地撕掉了，这是最后一页。"

图片太小，很难看清，不过放大后还是很清晰的。笔记本的最后一页只有寥寥几句话，是二和的字迹，而且看起来虚弱无力。

十月二十四日

我做了一件不可原谅的事。而且，不可逆转。

我可以放弃一切，只愿上天能让他重拾光明。

为此，我什么都愿意。对不起。

二和美咲

我闭上眼睛,这句话仿佛慢慢蔓延至我的全身。

根据目前收集到的信息,我和夏河理奈重新做了假设。或者应该说,这些都证明了皆川所说非虚。

二和曾经有过一个名叫木之本羊司的男朋友,这位木之本所在的书法教室,与国际交流部多有往来。他曾答应二和,会在她高中毕业时亲手为她书写毕业证。然而,由于二和的疏忽,他在一场意外中失去了右手的两根手指。眼看着书法家的生涯已经了无希望,他回到了故乡北海道。所以,我当时在国际交流部前的走廊上目睹的那一幕,其实就是二人在道别。之前伊佐说,他当时在消防梯上目睹的,也正是这一幕。

"之前的约定……"

"对不起。"

这就对了,这就和我记忆中的对话内容吻合了。

夏河理奈猜测,二和一直留在十八岁,极有可能与爱情有关。若真是这样,二和真正在等的,应该是木之本羊司亲笔书写的毕业证吧?夏河理奈也很赞同我的这个观点:"至少到现在为止,这应该是最合理的推断了。"

断送木之本羊司书法生涯的人不是别人,正是二和本人。二和明白,只要她不能在高中毕业时拿到木之本羊司亲笔书写的毕业证,就意味着木之本已经完全放弃了这条路。她希望木之本羊司能再次举起笔杆,重新踏上他的书法家之路。否则,二和美咲就必须承认自己毁掉了别人的梦想。那她就永远无法得到救赎。就目前而言,这个推理非常合理。

在此之前，我分别向真锅、东、教务主任等人打听过消息，没想到最接近真相的居然是伊佐。用伊佐的话说，就是二和想拿到一张更正式的毕业证。

夏河理奈将手机收进包里，看样子是打算告辞了。

"……你觉得，我们该怎么做？"

我也毫无头绪。

"就算不是毕业证的问题，我们也至少可以确定木之本是她最大的心病。要真是这样，我们就得想办法找到木之本的下落……我说的不对吗？"

她的声音突然变得尖锐起来。我松开交叉的双臂。

"……为什么这么说？"

"你看起来很不服气的样子。"

"没有啦。只是……"

"只是？"

"我总觉得有哪里不对劲。"

"……你指什么？"

"我也不知道该怎么说……"我先表明了这一点，然后才缓缓说出了自己的想法。

我最大的疑惑在于，一张毕业证真就那么重要吗？虽然每个人的价值观不同。虽然我深受教务主任的影响，对于一张纸的价值或许看得远不如其他人那么重，但我还是觉得这事有些不对劲。二和在意的，真的是那张毕业证吗？如果她是发自内心地希望木之本羊司重新振作起来，大可以在高中毕业后跟他一起去北海道，陪着他，给他更多的支持——就算这个要求对一个将将成年的少女来说有些过于严苛，但只要耐心等到毕业，支持他的办法就多的是。需要一直把自己关在高中的牢笼里来给他施压吗？

"而且，我觉得这与我记忆中那两个人的对话有些微妙地不一致。虽然是我的主观感觉，但我总觉得那不像二和。"

"不像美咲？"

"嗯，不过这只是我个人的感觉。"

"……你很喜欢美咲，对吧？"

我有些摸不清她的真实意图，这是在讽刺我吗？夏河理奈没有看我，而是看向了远处，目光冰冷。

"……那已经不重要了吧？"我的声音微微颤抖。

"那你觉得还有什么其他的可能性吗？"

"我还没想到，但是……"

"美咲曾经有个男朋友。"

我没听懂她想说什么。

"你是不是觉得，木之本和美咲并不是男女朋友的关系，所以你也没有失恋过？"

为什么一定要说这种话？我们实在是聊不到一起去。我小心翼翼地解释道："我从来就没有这么想过。"但她就像根本听不懂似的，一再偏离话题。真叫人头疼。

"为什么我们总是在谈论美咲？"

"……那是因为我们想解决二和的问题啊。这不是很正常吗？"

"其实你一直都抱有幻想，所以才会一直冒出些奇奇怪怪的念头。"

"你怎么会有这种想法？"

"因为……"

说到这里，她再也抑制不住了似的流下了眼泪。她摘下眼镜，用右手擦拭眼泪。这么一来，本来就画得不太好的眼影，瞬间变得更乱了。我拿出手帕，正准备递给她，突然听见她用极低的声音说道：

"因为，我喜欢你。"

我拿着手帕愣住了。

我完全没有预料她会给出这个答案，所以呆了好一会儿才终于醒悟了过来。就在我意识到不能简单地用"哦，是吗？"或是"谢谢"来搪塞过去时，她的脸早已涨得通红。

"我喜欢上你了啊。"

她紧紧地抓着眼镜。

"你总是对我很温柔。会夸我皮肤好，说我戴眼镜好看。就在你说理解我的时候，我就对你动了心。其实我很单纯，以前大家都说我性格古怪，也从来没有男生对我表白过。所以，我不知不觉就喜欢上了你！"

原本停在树上休息的鸟儿突然飞走了。人在手足无措的时候，是根本说不出话的。小时候，我的确是个沉默寡言之人。可走进社会后，我就从没有在客户面前沉默过。只有此刻，我实在是找不出一句合适的话。我张开嘴，很想说些什么，可话未出口，就已经消散在了空气之中。

"你好歹……说句话啊。"夏河理奈把眼镜捏得更紧了。我不禁替那看起来都快掉下来的镜片担心。

"我是不是很傻?"

"……我很惊讶。"在她的催促下,我不得不开了口,搜肠刮肚了好一会儿,可算找到了一个相对委婉的说法。我不禁觉得自己可真没用。

"不过也很高兴。"

"那你愿意和我试试吗?"

我又一次陷入了沉默。

"你还喜欢美咲吗?"

"……我都说了,没这回事。"

"那就是因为讨厌我?"

"不是啦。你是个好女孩。"

"那就是觉得我不好看?"

"怎么会呢?"

"那就是你觉得我的眼镜或者穿着不好看?"

"别胡思乱想了。这些都很好看。"

"那就是不喜欢我的性格?"

"你身上一点毛病都没有,只是……"

"只是?"

"我已经……"

说出这句话时,我突然有一种灵魂被撕裂的感觉。于是,我说不下去了。而且我也知道，不能再说下去了。

"你总是这样，一点都不干脆！"

她生气地拿起包，因为太用力，还把我的肩膀撞得生疼。里面似乎放着什么坚硬的东西，冲撞力比我想象的大得多。我正想着，就看到一本书从她的包里掉了出来，落在地上。是维克多·雨果的《悲惨世界》，上面还贴着图书馆的标签。她赶紧把书塞进包里，然后含着泪水向公园的出口跑去。

"别过来！"

这种话，我当然不会当真，我觉得还是追上去比较好，也想过追上去。但我的腿却没有动。我刚站起身，又立刻在重力的作用下坐了回去。我只能一直看着她，直到那道背影消失在绿荫之中。突然，一阵冷风吹来。

教务主任的话，从来都不会在当时让人完全理解，但总会在将来的某个时刻，如花朵绽放一般让人突然醒悟。但等到那一刻，又往往为时已晚。他当时说过："要不是年龄的鸿沟不可跨越，说不定我也能和奥黛丽·赫本相恋呢。"换句话说，既然年龄的鸿沟摆在那里，那他就绝不可能爱上奥黛丽·赫本。我可以想办法克服其他一切障碍，唯独年龄的障碍，让我束手无策。

夏河理奈绝对不是一个丑女人。虽然偶尔有点冷淡，但单从外表上来说，她绝对当得起"漂亮"二字。选择眼镜和衣服的品位也都很好。撇开我对她性格的了解程度不说，至少她一定不是那种会让人觉得乏味无趣的女生。夏河理奈身上没有任何问题。那我为什么不能接受她呢？原因很简单，简单得让人绝望。因为无能为力，所以只能深埋心底。

我快三十岁了,你才十八岁啊——我不能对她这么说。

其实我知道,如果她和我同龄,是一定不会喜欢上我的。高中时的我,完全配不上夏河理奈这样的女孩。我确信,她会爱上我,正是因为我比她大了十几岁。所谓稳重和从容,其实都是岁月沉淀下的产物,却被许多人误认为是与生俱来的气度。这一切,都只是年龄带给人们的错觉。

与此同时,我也意识到了另一件更重要的事,并为此震惊不已。

我终于知道自己为何不能接受二和停留在十八岁了。所有的问题都捋清楚了,如同一个死结被人解开了一般。是的,不是吗?那一天,我跑到对面的站台告诉二和,她该走进十九岁了。不是因为我担心她的身体,也不是我不想眼睁睁地看着她一直被困于年龄的牢笼之中。

而是我不愿意看到二和美咲变成奥黛丽·赫本。

仅此而已。

22

九度目の十八歳を迎えた君と

无论何时，无论何人，都会在看到光的时候出现幻象。

幻象之强烈，会让人看不清现实。

最终，现实被连根拔起，失去了所有，无论是手指、生命还是希望或梦想。

——照亮黑暗，本就是个错误。让黑暗继续维持黑暗，对所有人而言都是最好的结局——

二和有男朋友了。

　　不过，这对我这个高三学生的生活并没有产生什么实质性的影响。事实就是如此，因为我本就没有为她做过任何改变。如果非得找出一个变化点，那大概就是我完全放弃制作塑料模型这件事了吧。但正如我前文提到的那样，我本就不打算再继续了。所以这个变化点也几乎站不住脚。我将所有不相干的情绪都抛到脑后，在新闻部的活动室专心准备起了高考。

　　我不知道把爱恋称为邪念是否合适，但不管怎么说，自从心无旁骛投入学习后，我的成绩就出现了质的飞跃。所有科目的排名都上升了五个百分点。就连预科学校的老师们都感到吃惊不已。照如今的情势看来，我考入目标大学已是十拿九稳，甚至还有希望冲刺更高一级的学府。当然，这并非因为我爱上了学习，或是我突然意识到了学历的重要性。单纯只是因为除了学习之外，我实在无事可做。就算有人求我再做点塑料模型，我也肯定不会答应了。至于找一个新的爱好，早已身心俱疲的我哪还有那种精力啊？孤独就是我学习时的伙伴，虽然这听起来有些心酸。

　　时间进入十二月，天气也渐渐冷了，也不知道学校还会不会愿意为我这个实际上已经离开社团的人发放暖炉。我正想着，教务主任就贴心地给我装好了。看到我盖在塑料模型上的遮光帘时，教务主任有些疑惑地问我原因。但我实在不知该怎么回答。

"看到这些东西会分心吗？"

"是的。"我顺着他的话回答。

教务主任听完，便不再说什么了。他意识到我应该不会再在学校里做塑料模型后，就连这个话题都没有再提起过了。现在想来，他应该早就察觉到了我的古怪，所以才会那么照顾我的情绪。其实，我当时就应该问他的。

这几年，教务主任一直陪伴着我制作塑料模型，所以我一直都对他心存愧疚，但又无能为力。书架上的那排塑料模型，留给我的只会是不太美好的回忆。所以，我想尽量将它们移到远离我记忆范围的地方。

我也不想再与二和美咲说话了——虽然这句话听起来有些无情，但这并不代表我就此讨厌她了。没有仇恨，也没有蔑视。这不是逞强，我也没有突然怨恨她，从此将她视为仇敌。一个年仅十几岁的少年能够如此心胸豁达，我觉得自己很了不起。我心痛的原因并不在二和美咲其人，而在自己浪费的光阴。我很清楚这一点。但即便如此，我也做不到如往常那般待她。我甚至不愿意在教室里与她对视，也没有再和她说过话。反正我也马上就要毕业了。

不久后的某一天。

直到现在，我都还清楚地记得那是一个雨天。教学楼内冷冰冰的，让人感觉不到一丝生气。雨下个不停，似要冲走地面上的一切。

那天,我不用去预科学校上课。所以,放学后我就去了社团活动室,一边给双手哈着气,一边打开煤油炉的开关。在发出一阵疑似故障的嘎吱声后,随着一股特殊的烧焦味,火苗也终于蹿了起来。我打开参考书,此刻屋内依旧冰凉无比,只得先穿着外套看书了。除了学习,我已经对任何事都提不起兴趣了。当然,我也没有什么其他事可以做。我本以为,那也是个普通的下午。

然而,就在我进入学习状态后大约一个小时,活动室外突然响起了敲门声。声音不大,而且会敲门的人肯定不会是教务主任。难道是久未登门的三浦顾问,或是中愿寺学姐?我能想到的也就是这两个人了。见房门迟迟没有被推开,我便对着门外说了声"请进"。房门这才终于慢慢开了。慢得让我以为推门的其实是个猫爪。门开了,屋外站的自然不可能是猫,而是一个人。

我还以为自己出现幻觉了。这是来硌硬我的吗?难以置信。但无论我眨多少次眼睛,眼前的景象都没有改变。门外站的人,是二和美咲。

"……不好意思,突然来找你。"

我半张着嘴,盯着她。我觉得她的笑容看起来有些疲惫。现在回头想想,这应该不是我的错觉。此时的二和,肯定已经被木之本羊司的意外弄得心力交瘁了。当然,当时的我并不知道这些事,只是因为她的突然来临而感到慌张。

"间濑,可以占用你一点时间吗?"

"……啊,嗯。"我说的都算不上人话了,就跟动物的哼哼声似的。或者也可以说是梦话。

"哦……"

说实话,我很想拒绝,但就是找不到拒绝的理由和方法。二和害羞地说了声谢谢,反手关上门,在我面前的折叠椅上坐了下来。这张椅子,教务主任和中愿寺学姐都曾坐过,但被二和坐过后,情况就完全不一样了。我不停地打开、合上参考书,自己也不知道为什么要这么做。我的手在颤抖,但不是因为冷。此时房间里已经足够温暖了,我也已经脱掉了外套。

此刻,我的脑子已经完全转不动了,但下意识地觉得二和应该是来借什么设备的吧。不是纸胶带,就是透明胶或是订书机。但不管是借什么,她都应该马上开口问我,并在拿到后马上离开。结果她却在椅子上坐了五分钟不说话,我实在想不明白她这是何意。她坐在我面前,一直盯着自己的双手。其间她调整了好几次坐姿,大概是想坐得更舒服些吧。她的手指一会儿摆弄摆弄发梢,一会儿又摸了摸耳垂,一副很想开口却又不知该从何说起的模样。我能看得出来。但我不敢问她,这个问题,已经超出了我的心理极限。我只是继续假装努力备考。

说起来,我一直心心念念的事,不就是二和来社团活动室找我吗?我总是一边做着塑料模型,一边想象着二和进来时的情景。首先,我会向她展示数量惊人的塑料模型——更确切地说,她一定会被数量惊人的塑料模型吸引。接着,我会对着惊叹不已的二和详细介绍从教务主任那里听来的相关知识。这一点,我已经在中愿寺学姐那里预演过一次了。——这么说好像有点对不起学姐,但总之,我一定能流利地对那些模型进行介绍。到时,我也一定会用一种轻描淡写的语气说明它们的来历和故事,给二和留下一个博学的印象。如此一来,二和一定会觉得我……

越回忆,我就越觉得自己的五脏六腑都在慢慢腐烂。区区一个塑料模型罢了,我怎么会觉得它能有那么大的威力呢?说到底,那也就是个塑料模型而已啊。我不能在二和面前尖叫。只能用力将那股情绪压下,就连手上的自动铅笔都快被我握断了。现在,我已经完全不这么想了,甚至极力避免让二和发现遮光窗帘后的塑料模型。我不想让她觉得,我是个在那种无意义的事情上浪费了大量时间的蠢货。

谁都没有说话,就这么任由时间慢慢消逝。暖炉的声音吵得有些烦人。窗外还不时传来雨打窗户的声音。从二和进门开始到现在,应该已经过去三个小时了吧,结果一看时钟才发现,居然只过去了十五分钟。二和依旧没有开口的意思。她到底是来做什么的?想跟我说什么吗?

意识到这一点后,我有一种胸口的大血管突然炸裂开来的感觉。

我越想越觉得自己的假设甚是有理。与此同时,一股阴暗的绝望感开始在我的全身蔓延。是这样吧?不是吗?真相总是残酷的。

二和是过来让我闭嘴的吧?

她想让我不要将她和男朋友拥抱的事情说出去吧?

我目睹了二和和那个男生幽会,还在慌忙逃离时在楼梯口摔了一跤,动静肯定不小。手中的塑料模型零件也因此撒了一地。冷静想想，他们两个不会不知道我的存在。就算没有看到我的正脸，也可以从只有我会在放学后继续留在旧校舍一楼这一点上，推断出当时在场的人只可能是我。

原来如此，这大概就是二和迟迟开不了口的原因吧？想明白之后，这个空间对我来说简直就是地狱。活动室似乎变成了拷问室。为什么非要来和我说？越想越觉得心碎。我和男朋友拥抱的事，你能替我一直保密下去吗？——我有一种强烈的感觉，一旦从她口中听到这句话，我就永远都振作不起来了。够了，请不要再来伤害我了，请放过我吧。

我猛地站起来，将参考书一股脑儿地塞进书包里，也不管它们会不会卷边甚至破损。我只想尽快收拾好东西，马上离开这个地方。抓起挂在椅背上的外套后，我径直朝门口走去。

"我先回去了。"我用异常微弱的声音说道。虽然无法直视二和的眼睛，但我能感觉出她很不安。

"钥匙在那里，回去前帮我还到教师办公室。还有记得把暖炉关掉……再见。"

二和正想说什么，却被我接下来的话打断了。

"没关系，我不会告诉任何人。"

我关上门就跑。跑过那条黑暗的、空荡荡、曾经和二和一起走过的走廊。黑暗如黑烟般盘旋，舔舐着我的身体。

从初见二和美咲的那天起，我的转子发动机已经空转了三年左右，如今终于停下来了。我和二和美咲的故事——或者说，我的高中时代——在这一刻无声无息地拉上了帷幕。自那以后，就没有什么特别的故事了。

不久后我高中毕业，升入了比预想中更好一些的四年制大学继续深造。不知道毕业典礼那天，二和美咲在听到花冈那句"毕业生代表，毕业太郎"的时候是何反应。在那个所有人都哈哈大笑的体育馆中，只有她一个人在咬着牙忍受吧。她是哭了，还是逼自己和大家一起笑出来？我甚至不记得二和当时是否出席了毕业典礼。此时的我，就像一架自动驾驶的飞机一样，完全失去了自我和意识，只是机械性地度日。其实，从新闻部逃出的那一刻，我的高中生活就已经结束了。

我的整个大学生涯，都没有经历过什么特别值得一提的事情。这不是谦虚，是真的没有。我们只需要认真听课，按时提交作业就可以获得学分。仅此而已。我也交过朋友，但都是泛泛之交罢了。我学会了消磨时间的技巧，却没有培养出任何真正称得上兴趣的东西。大三下半年，我开始找工作，最终入职了一家印刷公司。到今天为止，都没有发生过任何值得一提的故事。

再次见到二和美咲，是在某日上班途中的电车站台上。我终于见到了不想再见，又希望再见一面的二和美咲。那一刻，我的心跳果然再次加速了。

当日，和夏河理奈在公园分开后，我就随意走进了附近的一家家庭餐厅。简单地吃完午饭后，我在沙发上坐了一会儿，呆呆地看着窗外的车流。直到太阳西斜后，我才决定去木之本羊司失去手指的那座桥上看看。路途有些远，但我又不想坐出租车，所以步行了一个多小时才抵达目的地。那时，太阳已经完全落山了。

　　桥上已经被浓浓的夜色笼罩。真的很黑，几乎没有路灯，也几乎看不见来往的车辆。我眯起眼睛，在可疑区域的护栏四周观察了一番，并未发现生锈或弯曲的部位。那起事件后，这里就被修复过了吧。看起来油漆也很完整。接着，我转过身看向河边。说是河，但其实并不能跳下去玩水。这大概是条用来排放生活污水的小河吧。虽然晚上看不太清楚，但我总觉得那河水似乎泛着绿光。两岸是铺装的步行道，与河流平行。当时二和应该就是站在那里的吧。

　　我想象着二和拿着相机在步行道上的某处拍照的情景，接着想象她用手电筒朝我照过来，而我又正好骑着自行车从桥上路过，被这道突如其来的亮光刺激得完全看不清前方……那该多亮啊——不知为何，我总觉得自己能想象到那道光当时有多亮。我似乎能明白他当时的感觉。

　　黑暗中，真正让人恐惧的不是更浓的黑暗，而是突然的强光。就像在黑夜中骑行的年轻人突然遇到强光，就像在黑夜中飞行的彩云号突然遇到探照灯，就像在黑夜中行走的我突然遇到二和美咲。

　　无论何时，无论何人，都会在看到光的时候出现幻象。

　　幻象之强烈，会让人看不清现实。

　　最终，现实被连根拔起，失去了所有，无论是手指、生命还是希望或梦想。

　　——照亮黑暗，本就是个错误。让黑暗继续维持黑暗，对所有人而言都是最好的结局——

　　我突然想起刚刚在来的路上从自动售货机里买了罐咖啡，便取出打开。咖啡入口的瞬间,混合在甜味之中的酸味和苦味蔓延开来。我看着在微风中波光粼粼的水面,轻轻叹了口气。

也许夏河理奈是对的。虽然我不愿意相信皆川所说之事,但其实早已相信。无论是木之本羊司的遭遇、当时的细节,还是二和停留在十八岁的原因。

真的是这样吗?

我又重新整理了一遍思路,并将所有感觉奇怪的细节都仔细琢磨了一遍。活动室的钥匙、那日二和与木之本羊司的对话,以及二和美咲下意识地将手电筒对着人照过去的场景。我的脑中浮现出二和美咲拍照时的模样。

然后,就在某个瞬间,似乎所有的事件都如齿轮一般啮合在了一起,那些碎片终于全都拼接起来了。

我懂了。原来是这样啊!

九度目の十八歳を迎えた君と

"绝对不能告诉其他人,尤其是——"

"我明白。"

我伸出了右手。

"我会为你解决好一切的。放心把钥匙交给我吧。"

"把一切都推给你,这样……真的可以吗?"

"帮助孩子是成年人的责任。而且……"我笑了,"奉真锅之命,我已踏上了解放众人灵魂的旅途。尽管交给我就是了。"

为了不错过她，我在这日比往常早了一个小时抵达车站，结果发现自己的担心实在多余。二和依旧在那个时间出现，看到我坐在钝行列车一边站台的长凳上时，她惊得瞪大了眼睛。

"……你怎么在这里？"

"我知道你为什么一直停留在十八岁了。"

二和立刻冷了脸，一言不发，像是在思考我的话。我们对视着，时间就这么一分一秒地过去。提示钝行电车晚点的广播响起，与此同时，一列快速电车也驶入了站台。站台的乘客一个接着一个地从我们身边走过，接着广播内又响起了道歉声。沉默了许久后，二和终于开了口。她大概听出我的话中没有妄言，于是笑了一下，直接问道：

"所以呢？"

"请允许我先道个歉。"我看着二和的眼睛说道。

"之前我在这里说过，想找出你一直停留在十八岁的原因。当时你说随我的便，于是我就真的着手去做了。这期间，我忘乎所以，只是一味地沉浸其中。冷静过后才发现，哪怕我打着为你好的旗号来做这件事，事实上也已经侵犯了你的隐私。所以，我要真心地跟你说一句对不起，希望你能原谅我。"

二和的笑容慢慢消失，就像电影院中逐渐变暗的灯光似的。

我继续说道：

"接下来，我想跟你说说我的猜想。当然，现在你我都没时间，所以如果允许的话，希望我们可以改日再约时间。但如果我的猜想是正确的，就请答应我，和我一起努力，走进十九岁。我也会不遗余力地协助你。"

"如果我说我不想呢？"

那哀伤的眼神、傲娇的嘴角，让我不由自主地想起了过去。看起来坏坏的，却又让人不由得想亲近。这种二和特有的表情曾一再扰乱我的心。我有些慌张，讷讷地说不出话。但越是这样，我就越需要冷静应对。我要让她知道，如今的我已经不再是从前的我了。

"我不会让你说出这句话的。"

大概没想到我居然会说出这句话，二和睁大了眼睛，愣在原地。

"你已经到了每个月都要晕倒好几次的状态了，我不会让你拒绝，甚至不允许你犹豫。要是你不答应，我就找个你不舒服的时候拷问你。"

"……你是认真的？"

"当然是开玩笑啦。"

二和松了一口气后笑了，这次是真心笑了。

"但我是认真问你的。"

"真没想到你居然会说出这些话。"

"我老了。"我故作严肃道,"随着年龄的增长,词汇量会变得更多,脑子会变得更灵活,背脊也挺得更直了。会喜欢上'橘子新乐团',会去看棒球比赛,甚至还会自驾摩旅车旅行。"

"……你在说什么?"

"我是说,你也该回到原来的轨道了,请给我一点时间,拜托了。"

二和与我对视了好一会儿,撇了撇嘴,略带犹豫地低头看了一眼脚上的乐福鞋,又像想起了什么似的看了看电子显示屏。接着,她又低头看了看乐福鞋,最后放弃了似的看向我。

"……好吧,那就让我先听听你的说法吧。这周日有时间吗?"

"我都行。谢谢你。"

"具体信息我会通过邮件告诉你。"

我原计划是找个咖啡店坐坐,或是像和夏河理奈那样找个公园坐下聊聊。哪承想二和居然建议去山谷走走,着实出乎我的意料。她说现在正是观赏秋叶的最佳时间。我向来不喜欢户外运动,更何况现在也没有游山玩水的心情。本想和她商量换个地方,又担心万一惹恼了她,惨遭拒绝可就糟糕了。二和提议去的山谷就在本县内,但开车也要一个多小时。我赶紧着手租车。明知没有必要,但还是租了一辆中高级别的SUV。真为自己的虚荣感到汗颜。

原本打算多穿点,不过最后还是选了平时出门的装扮。毕竟我只是单纯为了解决她的年龄问题而已,没必要在游玩上花太多心思。但是,就像在反驳我似的,二和穿着一身户外装出现在了环形交叉路口。身穿大红色风衣,头戴米色帽子,脚踩运动鞋,还背着一个大背包。

"间濑,你怎么这身打扮?"

"……怎么,这身衣服不行吗?"

"唔。我也从没去过,不知道那边是什么情况。"她笑道,"所以就谨慎了一些。"

她看起来心情还不错,我也放下了心来。二和坐上副驾驶座后,我启动了车子。我们很快就上了高速。

"我还是第一次坐同学开的车呢。"

我被她这句有些天真的话逗笑了。十八岁的高中生,说起来也还只是个孩子啊。

这辆车真的很舒适。拿它与我平时开的那辆公务车相比属实有些不妥,因为这两辆车无论是车身尺寸还是价格,都完全不在一个层级。我不得不说,这辆车在动力和噪声方面的表现实在是太优秀了。一会儿再试试店员推荐的自动巡航功能吧。真想不到,汽车于我而言,已经从模型变成真正的交通工具了。我的手握着的不再是钳子,而是方向盘。为什么手心开始冒汗了?我努力不让自己想太多,集中精力开车。

见二和正一脸微笑地看着车外的风景,我也不忍心立即切入主题。不扫她的兴了,先陪她玩会儿吧,那件事晚点再谈也不要紧。

听到这条山谷的初学者徒步路线居然有四公里长时,我不禁暗道不妙。我太轻率了。虽然这是一个大晴天,但气温比我想象中的要低很多。二和的穿着是正确的。虽然我穿了双轻便的鞋子,但自己这副缺乏运动的身体根本撑不了多久。没走多远,我就被二和甩在了身后。

"大叔，你没事吧？"二和一脸鄙视地咯咯直笑。

我记得二和也不是个善于运动的人啊，但我们的差距怎么就这么大呢？总不能只是因为她还在上体育课吧？我可不觉得那门课有这么大的功效。要不就是年龄的原因？但我也不过二十多岁而已啊。前几天的高尔夫比赛上，本部长还感慨说我这正是运动员的黄金年龄。途中咳了几声，好在手帕上没有血迹，我并不想让她生出无谓的担心，所以暗暗松了一口气。

虽然我没有太多精力欣赏四周的风景，但不得不说，这真是美丽的地方。空气清新宜人，草木的幽香沁人心脾。我感觉每呼吸一次，自己的肺部就随之被净化了一次。

入秋了，树上也已零星挂上了或红或黄的叶片，但那并不是我们此行的主要目的。二和说山坳的最深处是一处瀑布，景色十分壮观。我踩着落叶，越过一条条河流，喘着粗气努力前行。

她说的没错，那里真的非常壮观。

说起"瀑布"，我们的脑中都会自然浮现出如千万枝银箭直射而下的情景。但这里的瀑布更加宽阔，气势也更加恢宏。水流沿着足球场大小的平缓斜坡飘逸而下，似白练飞舞，跳跃的水珠在阳光下闪烁着动人的光芒。水声清脆，入耳美妙，就像音乐厅突然爆发出的阵阵雷鸣般的掌声，持续、高昂，令人心情大好。秋叶鲜红，如一条长长的隧道般覆于其上，像火焰般绽放，热情四溢。我和二和都被眼前的景色惊呆了。我找不到任何语言来形容此刻的心情，只能睁大眼睛饱览这绝美的风光。

欣赏了一会儿美景后，我们找了块合适的岩石坐下来。虽然我们坐的地方离瀑布很远，但四溅的水花还是从四面八方飘了过来。它们轻柔地抚摸着我的脸颊，我的心情也不由得随之大好。午餐是在徒步路线入口处的商店里买的，一份很普通的幕之内便当①，但我总觉得特别好吃，不知道是因为空气清新、风景秀丽，还是因为运动后胃口大开？再或者，是因为身旁坐着二和美咲？

"你还好吗？"

"咦？这话好像不该你问吧？"

"我只是缺乏运动而已。你就不一样了吧？"

"哪有这么夸张啊。"二和笑道，"我也就是偶尔觉得有点头晕而已啊，除此之外就没有其他症状了。"

我分不清这是她在嘴硬还是事实的确如此。

由于假期的缘故，今天这附近的游客也不少。一对外国男女走到我们面前，看那样子，大概是想让我们帮忙拍个照吧。我正准备接过相机，二和已经开心地和那位外国女人聊了起来。当然，用的是英语。听着熟悉的英文发音，我不禁嘴角上扬。她们聊得很开心，我便干脆坐回岩石上静静地看着。还真是术业有专攻啊。

最后，二和在瀑布前为亲密相拥的他们拍了照，又聊了几句后挥手告别。我能听到所有的声音，但一句话也听不懂。只记得隐约好像听到了"图片"这个词，这已经是我的极限了。看着转身回来

---

① 一种方便餐食，原本是观看能剧、歌舞伎期间食用，后来演变为旅行、赏花等时候享用。

的二和,我本想说句"真不愧是未来的翻译官"。但仔细一想,总觉得这句话听起来有些讽刺,便又咽了回去,因为此刻她还深陷于年龄的牢笼之中。

方才还一脸兴奋地和外国人聊着天的二和,一坐回我身边,就换上了一副落寞的神色。我也猜不出这是怎么回事。

"你怎么突然想来这里了?"

二和不解地看着我,大概是奇怪于我怎么现在才想起问这个问题。

"因为我听说这里的风景很美啊。"

"不,我想问的是,你为什么要带我来这里?"

"那还用说吗,因为我不会开车啊!"

不排除这的确是原因之一,但这一定不是重点。猜测对方的想法,从而巧妙地掌握对话的主动权,这向来都是她的拿手技能。可不能轻易被她糊弄。我正打算再问一次,二和却像放弃了似的摇了摇头。

"抱歉,其实连我也不太清楚为什么要来这里。"

瀑布声不绝于耳。

"或许是想去一个永远逃不掉的地方吧。否则就可能逃跑了。"

"你?"

"是我们。"

瀑布的声音,似乎与某天的暖炉声重叠在了一起,让我无从分辨。清新的空气中也似乎混入了淡淡的煤油烟味。我做了几个深呼吸,好让自己平静下来。

"我可以和你谈谈吗?"

"可以啊。"

我努力挑选合适的措辞,仔细描述了一遍我和夏河理奈一起得出的假设。为了让我的这些话听起来更有说服力,也为了弥补自己对二和的愧疚之意,所有的消息来源我都没有对她隐瞒。只是隐去了夏河理奈表白的事情。上次见面后,我联系过夏河理奈很多次,但没有得到她的任何回应。我不想再给她惹麻烦了。

二和静静地听我说着。偶尔会痛苦地眯起眼,但绝大部分时候,她都在努力地做出若无其事的样子。那个叫木之本羊司的男生曾与二和谈过恋爱,原本答应了为她及同学们书写毕业证,却因为二和的无意之举失去了手指。为了等来他重新振作起来的消息,二和迟迟不肯毕业,一直留在学校里——我将自己掌握到的所有信息一五一十全都告诉了她。

等我说完,二和看着瀑布轻轻点了点头。

"看样子我藏不住了啊。"她淡淡一笑说道。嘴角上扬的高度,与一张纸的厚度差不多。

"一切都正如你所说。所以我决定一直停在十八岁,一直以高中生的身份,等羊司重新拿起笔……"

"没关系的,二和。"

"……什么?"

"其实,事情根本不是这样的,对吗?"

二和愣了一下,但很快就恢复了冷静,继续若无其事地看着我。

"……你说什么?"

"到这里为止,我说的都是些对你很不利的信息,或者说是你觉得就算被我或是其他人知道了,也只能认命的信息。真正的问题,应该藏得更深吧?"

"……你说什么?"

"你不用再隐瞒了,没关系的。"

二和没有回答我。大概是担心言多必失吧,所以干脆选择了不再言语。脸色也比方才严峻了几分。

"别担心,这件事我没有告诉过任何人。我只是真心希望你能走进十九岁而已。"

"你……"她刚开口,又似乎不知该怎么继续说下去才好。

我看向地面,湿润的土壤上躺着几颗鹅卵石。我随手捡起一颗,放在手心滚了滚。两侧都长满了青苔,大概已经在此沉睡了许多年吧。我把它扔进面前的河里。只听得"扑通"一声,石头和青苔就在大河的水流中得到了解放。二和目不转睛地看着我做完这一切。

"二和……"我一边拍掉手上的泥土一边继续说道,"你其实藏着一些不想让别人发现的秘密吧?而且,或许我也是同谋。"

二和紧闭双唇,似乎在极力压制着即将决堤的泪水。然而,沉默了几十秒后,她终于流下了一滴眼泪。泪水一旦溢出,便汹涌不止。她努力让自己看起来正常一些,滴滴滑落的泪水也因此变得愈发显眼。无声的泪水接连落入脚下的泥土中。

"如果我还是个高中生,或许帮不了你什么。但我现在已经是个成年人了,我相信自己一定能帮到你。"

二和依旧无言。

"之前你说过'如果你不是间濑，也许我就可以拜托你做很多事情了'，我一直在想，你的这句话究竟是什么意思，但又怎么都想不明白，是因为我的身份有什么不妥吗？如果不是这个原因，我希望你能相信我，把一切都托付给我。"

"……对不起。"二和似乎终于不再抗拒，抬起手，用指腹擦了擦眼角。

"说实话，就连我自己也不太明白。不过，也许你和我不一样吧？"

"我也不确定，但你不妨试试相信我。我觉得结果一定不会很差。"

"真的吗？"

"销售人员的人脉很广的，虽然我看着很普通，但也认识不少人，放心吧。"

"那不是写上去的，而是刻得非常非常深……"

"意料之中。没问题。"

"绝对不能告诉其他人，尤其是——"

"我明白。"

我伸出了右手。

"我会为你解决好一切的。放心把钥匙交给我吧。"

"把一切都推给你，这样……真的可以吗？"

"帮助孩子是成年人的责任。而且……"我笑了，"奉真锅之命，我已踏上了解放众人灵魂的旅途。尽管交给我就是了。"

九度目の十八歳を迎えた君と
26

"我能再多问一句吗？"

"哈哈。这次又是什么问题？"

"我写的那封信……也是你停在十八岁的一个理由吗？"

"哈哈，你可别太自恋了。"

二和一脸狡黠，然后慢慢收起笑容，歪着脑袋戏谑地看着我。

"你觉得呢？"

"哟，阳光！真没想到还能再见到你。"

这一次，我是以推销人员的身份向教务主任鞠躬的。我想，他会成为我敬重一辈子的人吧。

回到母校时已是下午两点。今天下午有个重要的工作要马上处理，所以到得有些晚了。国际交流部的门前，几名工人正在忙碌着。

"是间濑先生吗？"

其中一位工人热情地向我打了招呼。交换名片时，他们都开心地笑了。

"非常感谢您，社长也很高兴，说间濑先生终于给我们找来了翻新的活计，原本他还想亲自过来。"

"他那么忙，用不着亲自跑一趟。"

"私立学校的翻新对我们来说可是非常宝贵的行业经验。真的很感谢您。"

"我们也会好好学习吸收这次的经验，毕竟这对我们的业务也很有帮助。"

"真没想到，你这脑瓜子这么灵活呢。"教务主任笑道。

大约十分钟后,他们做完了所有准备工作。房间里的桌椅都要被移到走廊上,所有可能被药物飞溅到的区域,都铺上了一层塑料膜。我问他们能否进去看一会儿,他们微笑着答应了。我靠在活动室内的墙上看着他们工作。

教务主任跟我打过招呼后,就离开了旧校舍。

"我不能看吧?"

"不好意思,我总是这么任性。"

"这算什么呢,反正我也没什么兴趣。"他哈哈一笑转身离去。

工人们拿起电钻,开始拆除储物柜的固定件。当然,钻头的旋转方向与我当时拧紧时的方向相反。就像时光在倒流,也像是为了纠正二和的年龄偏差。四个固定件都被拆下后,工人们将储物柜从墙边搬开。只有储物柜后面的墙壁看起来略新一点,几乎还保持着我走进这个房间那天的颜色。

只不过,上面胡乱地刻着密密麻麻的文字,远比我想象中的用力、触目惊心。看起来就如同一段瘆人的咒语——

用手电筒照木之本的人不是美咲,而是我。

是我夺走了他的手指和梦想。

一想到说出真相后,网泽老师就会将原本对美咲的仇恨全部转向我,我就觉得心惊胆战,怎么都不敢说出口。

网泽老师、美咲。我对不起你们!

心乱如麻的我,只希望美咲能尽快走出来,找到新的爱情。

于是，我随便找了几个男生，对他们说"美咲喜欢你"。

以谎言到处去煽动别人，操纵别人。我就是这么一个愚蠢的人。

我很不负责任地在这里刻下这段话，然后逃离了，你们尽管骂我吧，恨我吧，诅咒我吧。

小田桐枫

看样子，二和为了抹掉这些文字曾经反复努力过，上面或是涂抹了棕色的腻子，或是出现了来自不同方向的划痕，但文字依旧十分清晰，我毫不费力就能辨认出来。可见她当时刻得多深、多坚决。

看到这条消息后，二和肯定惊慌失措，然后想尽一切办法企图删除或是隐藏这些文字，却怎么也找不到好办法。为了不让网泽老师发现真相，她只好先用储物柜挡住这些字。我不知道她这么做是出于友情，还是什么其他情感，毕竟目前我还没详细问过她这个问题。但不管怎么说，这都是一种极大的自我牺牲。

可是……想到这里，我突然觉得脖子发痒，便抬手松了松领带。最让我始料未及的，还是那句"于是，我随便找了几个男生，对他们说'美咲喜欢你'。以谎言到处去煽动别人，操纵别人"。这也就是二和当时一直犹豫要不要找我帮忙的原因了。总而言之，自从听小田桐说完那句话，我的内心就变得骚动不已，而这一切其实早就落进了二和的眼里。我的青春，果真是青涩、幼稚的。

但二和又能比我好多少呢？这都过去多少年了，她难道还担心我看到这段文字后会伤心吗？她有男朋友的事情，我早在高中时就已经知道了。就算当时不知道，现在的我也已经是个快要三十岁的大人了。哪怕发现小田桐那天说的话都是她自己胡诌出来的，那又能怎么样呢？可为什么——我叹了口气。奇怪了。

我的心怎么还是有些疼？

我必须向夏河理奈道歉。无论过去多少年，我果然还是曾经的我。总是装作若无其事，实则内心总是偷偷地拼命想如何才能分一杯羹，说白了就是个根本长不大的可怜孩子。你说得对，其实我一直对小田桐的那句话抱有一丝期待。即便已经过去了许多年，我也依然愿意相信。我甚至安慰自己，或许她和木之本羊司在一起并非真心，她爱的人其实应该是我。可笑至极。

发现小田桐留下的那段话后，工人们立刻开始了修复工作。我以为他们看到那段话后多少会有些惊讶，但在他们眼里，这似乎就只是个需要修复的对象而已。工人们迅速将修补材料倒进墙壁的凹陷处。

我闭上了眼睛。

那些修补材料似乎也流进了我的心。心中那道被一次次揭开又一次次愈合的疤疤，终于被修补材料彻底覆盖了。我的记忆随之被封印，但我的旅程并未就此结束。我必须扫清二和心中的阴霾，让她彻底走出十八岁。询问她那日的细节也得在那之后。

那是我人生中第一次自己买机票。我犹豫了很久，最终决定去找似乎常年带着妻子在外旅游的卡布谈谈。虽然卡布说我做得没问题，但一直到登机，我都十分不安，生怕出现什么意外状况。飞机在周六下午一点五十分从羽田机场①起飞,于下午三点三十五分抵达新千岁机场②。我打算抓紧时间,然后乘坐今晚九点的航班返回东京。时间很紧,但我没法让一个女高中生在异地待两天,毕竟这只是个普通的周末,而非小长假。我也一样,还得赶回去上班呢。

上一次坐飞机,还是在高中的修学旅行。我问二和上次坐飞机是在什么时候,她的回答也是修学旅行。我以为她和我一样,但很快就意识到根本不一样,因为她每年都会去修学旅行。

从登上飞机的那一刻起——不,更确切地说,是从出现在约定地点的那一刻起,二和的脸色就很不好了。不怪她。我在抵达新千岁后也不由得提高了深呼吸的频率。我们到得比较早,便决定在机场内的咖啡厅里坐着等他。也不知道是受到二和的影响,还是我自己也开始紧张起来的缘故,手里的三明治突然变得难以下咽了。

木之本羊司目前在北海道江别市的一家造纸厂工作。我不知道他住哪儿,好在教务主任从网泽老师那边打听到了他的工作地点。教务主任真的帮了我很多很多,我已经找不到任何语言来表达我对他的感激之情。

虽然不太情愿,但得到他的联系方式后,我还是第一时间给他的工作单位打了电话。拨通电话后,我让对方帮忙叫来木之本羊司,接着就把听筒递给了二和。我想,由二和直接说,应该会更顺利一些。虽然我嘴上这么说,但也许单纯就是不想和木之本羊司说

---

① 东京羽田机场。

② 北海道新千岁机场。

话而已吧。二和接过电话后说了一句"好久不见",然后就提出想和他聊聊,并成功约到了木之本羊司的时间。大概是觉得在电话里不宜谈太多事情,所以她自始至终都不曾提到过自己的年龄问题。我觉得她做得很对。无论是谁,只要亲眼见过二和,就不会觉得冻龄是什么奇怪的事情了。木之本羊司表示希望将见面时间定为下午六点,因为工厂的下班时间是下午五点。我们约好的见面地点是工厂附近的一家家庭餐厅。

该出机场了。虽然没有下雪,但毕竟这已经是十一月末的北海道了。一走出机场,我就被冻得浑身发抖,连忙把双手插进外套口袋。扭头一看,二和也已将围巾拉到了鼻子上。坐了大约一个小时的出租车后,我们抵达了约定地点。本以为会是一个荒凉的地方,等下车一看,居然和我家乡的风景相差无几。到达家庭餐厅的时间比约定时间早了十分钟。我本来还在思考要不要先离开一会儿——说实话我也不想待在那里——但二和却说希望我能陪她一起。我答应了,便和她一起坐在包厢的沙发上等木之本。

就结论而言,我已经慢慢不再讨厌他了。他真的太有魅力了,简直就是个完美无瑕的人。进门时,他将右手插在口袋里,我不禁暗忖可真是个傲慢的人啊。但很快就猜到了他的顾虑,又暗暗在心里给他道了个歉。他应该比我还要大点,但看起来依旧是个神采飞扬的青年。微笑的时候,眼睛眯成了一条缝,给人一种十分真挚诚恳的感觉。虽然这么说有些不礼貌,但我真是不敢相信,眼前这个年轻人居然是"黑胡子海盗危机一发"网泽老师的弟弟。一见到我们,他就一脸真诚地对我们的远道而来表示了感谢,又说自己下班太晚了，实在不好意思。

"好久不见。"

"……好久不见。"

二人相对无言，许久才说出了这两句话。我果然还是没有自己想象中的那般豁达，只能努力不在脸上显露出来。

"你好，我叫木之本。"

"你好，我叫间濑，是二和的同学，今天是陪她过来……"

"您是间濑？"

"是啊……怎么了？"

"我们以前是不是见过？"

"……应该没有吧。"也许他见到过我的背影，就是在楼梯口摔了个狗吃屎的那天。

"呃……我总觉得以前在哪里听过你的名字……记不起来了。"

难道当时二和曾向他提起过我？这个想法让我不由得心里一沉。因为这就说明，对当时的二和而言，我是一个无须对恋人隐瞒的人物——我到底在期待什么啊……接下来，我就彻底不再说话了，只是专心履行着"背景板"的职责。

自那次在国际交流部门前相见之后，似乎这还是他们的第一次重逢。这么说来，当时木之本羊司去学校找她，就是告诉她，自己要回北海道了，并和她道别。对了，木之本羊司似乎一直都以为那天用手电筒照他的人是二和。我曾建议二和告诉他真相，但遭到了她的坚决反对。因为一旦木之本羊司知道了真相，那他的姐姐网泽老师迟早会知道一切。二和说，自己一定要阻止这种事发生。

我们点的餐食都被摆上桌后，木之本羊司也开始说起了自己的现况。虽然我和二和也点了菜，但谁也没有动过筷子。

木之本的语气十分轻松。

回到北海道后，他先是在家里待了一阵子。几个月后，见病情已经稳定，便在伯父的介绍下去了一家运输公司，做的是文员的工作。主要就是处理票据、接听电话，偶尔应付一下其他杂务。他一开始很不习惯在电脑上打字，不过慢慢地也就适应了。就工作本身而言，似乎并没有他自己想的那么困难。可问题是，那份工作太枯燥乏味了。

"我发现还是技术类的工作更适合我一些，其实我还挺有工匠精神的——这么说好像有点自卖自夸了啊。"

于是，他又去网上查找了其他公司的招聘信息。不多久，就看到了这家造纸厂的招聘广告。

应该会比现在手头这份工作有意思吧？出于这个考虑，他果断地选择了换工作。不得不说，印刷厂的这份工作的确很适合他。一听说是个大型造纸厂，我的脑海中就浮现出了一个大型的机械式厂房，里面摆满了巨型铁罐，随处可见自动工作的机器臂。结果木之本告诉我们，其实里面的大部分工作还是需要人工完成的。他目前负责的是成品纸的切割工作。

"当然，这和我一直以来的梦想还是有差距的。不过，我现在也过得很满足。你们知道吗，其实工厂里需要大量人力，而且有很多工作是只有我才能做到的。如果不是因为失去手指，我想自己这辈子都看不到这样的情景。我现在每天都过得很充实,这不是在安慰你们,是真的。"

他一再表示,失去手指并没有对生活造成多大的影响。为了证明自己所言非虚,他还特意让我们见识一下他如何用左手吃饭,的确毫无障碍。我知道他这是为了安慰二和,失去手指这种事,怎么可能真如他说的那般轻松呢?更何况,他失去的还是惯用手的食指和中指。这就意味着,他的生活会发生翻天覆地的变化。为此,他经历过多少苦难、付出过多少努力,大概也只有他本人才知道吧。最重要的是,他失去了自己的梦想。借用皆川的话来说,就是粉身碎骨也在所不惜。曾愿意穷尽一生追逐的书法之梦,突然就如泡沫破裂一般。可即便如此,他也从未埋怨过命运的不公。

他真的是个非常了不起的人。

二和沉默地听他说完,这才有些犹豫地开了口。看来她已经做好步入正题的心理准备了。她首先说明了自己目前的情况。这期间,二和一直都只是盯着桌子,不曾与他对视。

——和你分开后,我就一直停在了十八岁,现在也还在读高中。不过,我想也是时候毕业了。虽然这一切与你并无直接关系,但我还是想见你一面,也好理清自己的思绪。所以,我今天来了。

"我当时,伤害到你了。"木之本羊司的脸上写满了歉意,"其实,当时我也是咬着牙的。但不管怎么说,我都不该那样突然撇下你离开。这些年我一直都很后悔,我对不起你,让你伤心了。"

二和默默地摇了摇头,泪水也同时滑落。我移开视线,看向窗外。

"其实，接到你的电话后，我做了一件久违的事，并且终于让自己满意了。"

说着，他从包里抽出一个长筒递给二和。不用问，我们也能猜到里面放着的是什么。二和强忍着泪水接过长筒，从中抽出了一张纸。

"这是我目前的极限水平了，希望你能喜欢。"

我们这才终于见到了木之本羊司的右手。一如想象中的那样，他的右手上没有食指和中指。准确来说，食指还剩下一小截，就像长了一半停止了似的，而中指则完全消失了。刚刚他还一直小心翼翼地隐藏着，大概还是不愿意让人看见吧。此刻伸出右手，也一定是出于礼貌考虑吧。

"这是我用右手写的。对不起，晚了好多年。"

大概是不想让自己的泪水打湿那张纸，二和将毕业证高高举起，仔细端详着他的作品。我自然也看到了他的字。好看。如果他不说，我根本看不出那是出自一只残疾的右手。不过也只是好看而已。即便是我这个门外汉，也不难发现某些笔画略显无力。就像不小心写成了行书的楷书。可那又怎么样呢？这依旧是一张漂亮的毕业证。毕业生的名字终于不再是毕业太郎了。

——毕业证　二和美咲——

谁也不会抱怨。谁都不该抱怨。

二和闭上眼，深深地低下了头。

"其实，来这里后我一直想完成对你的约定，可无论我怎么练习,都写不出让我满意的毕业证。但今天这张,我非常满意。毕业快乐。"

二和的一句"谢谢",因哽咽而几不可闻。

"你以后别再为我担心了。我从小就是个普通人,只是被大家抬爱了而已。一直到了快三十岁,我才深切地领悟到了这一点。我所失去的并不是什么大不了的东西。美咲,你要追求的,应该是更大的梦想。"

"谢谢。"这一次,她终于清晰地说出来了。

二和小心翼翼地把毕业证卷好,重新塞回长筒里。接着紧紧抱着,又哭了一会儿。二和的哭声,一点一点刻进我的心里。她的情绪越得到宣泄,我的心便越是沉重。

此时已过晚上七点,月色慢慢降临。木之本告诉我们,去附近的购物中心就可以拦到出租车,并表示愿意陪我们过去。二和的步子很慢,所以我和木之本并肩走在了前头。就在我努力找话题的时候,木之本羊司突然大声说道。

"啊,对了。原来是你啊。"

"……啊?"

"我记起来了。间濑,塑料模型上的间濑。"

我愣住了,完全不知道他在说什么。

"我记错了吗?我记得塑料模型上有一个红色的小签名,maze。"

"呃……"我好不容易才挤出了一个音,"你大概没有记错……"

"对吧！哎呀，其实我还存着一个你做的塑料模型。"

从某种意义上说，这比当时在对面站台上看到二和更让我震惊。我突然有种心惊胆战的感觉，就像被人猜中了银行卡的密码一样。可当谜底被揭开时，又发现其实只是虚惊一场。我只能惊讶地继续笑着。

"那些塑料模型，是我姐姐寄来的。其他的事，我也是从我姐姐那里听来的，所以是真是假我也无从判断。"说完这句，他才将后来发生的事全都说给我听了。

我毕业后不久，教务主任就告诉过包括网泽老师在内的所有老师，新闻部活动室里有很多塑料模型，如果喜欢尽管拿走。那么漂亮的模型，扔掉实在是太可惜了。有人拒绝了，也有人接受了。网泽老师就属于后者，她觉得自己的弟弟应该会喜欢那些塑料模型，便挑选了一些，用快递寄给了已经回到北海道的木之本羊司。她告诉弟弟，要是不喜欢就扔掉好了。结果木之本羊司非常喜欢那些模型。他说每个塑料模型都配有一个塑料盒，但我当时并没有准备过任何塑料盒。大概是教务主任帮忙配的吧。网泽老师见弟弟这么喜欢，便打算多送几个回去。她问教务主任还有吗，得到的回复却是：

"他说全部都被领走了，所以我也没能拿到更多的模型了。"

"……他可真行。"

我想起当时看到的教务主任的侧脸……

——除了扔到垃圾桶里，还有其他选项吗？——

骗子，他就是个骗子，但他是这个世界上最好的老师。

"那些塑料模型的做工真是棒极了。"木之本羊司一脸佩服地点点头，"我以前也经常制作塑料模型，虽然总觉得自己处理得不错，但零件切口的痕迹还是很明显。而你做的那些塑料模型，连切口在哪儿都看不出来，真的太精美了。而且上色也很均匀。出于习惯，我总会特别在意你的用笔方法，结果发现你是顺着一个方向均匀涂抹上去的。那些模型，真是让人百看不厌。你的技术可真是太好了。"

"哈哈。"他的话让我开心不已。深藏已久的心结，似乎随着口中的白色气息慢慢被排出体外了。我笑着，觉得心里暖暖的。"谢谢。要是能在高中时听到你的这些话就更好了。"如果我当时能听到这些话，或许灵魂就能得到更大的救赎。

"我当时一共收到了三个模型，苍龙号航空母舰、R34号、还有一个是……彩云号。"

听到这里，我停下脚步。

"怎么了？"

"彩云号，就是那架侦察机吗？"

"应该是吧。一架细长的飞机。银色的。"

"那……"

脱口而出的这句话让我自己都不由得吓了一跳。一听到彩云号的名字，我就有些坐不住了。

"可以……把彩云号还给我吗？"

出租车会先绕到木之本羊司的家，然后再开往新千岁机场。他家离购物中心不过数分钟的车程。我见他如今还住在父母家，便推测他应该还是单身，但并没有跟他确认过。问他这件事，对我而言并无任何好处。二和的泪水再次流了下来，她哽咽地和木之本羊司道了别。他递给我一个纸袋，里面是装有彩云号的塑料盒子。再次上车后，我才发现除了彩云号之外，袋子里还有两瓶绿茶饮料以及一张字迹潦草的字条。上面写着："谢谢你们来看我，这两瓶饮料送给你们。"我欠他一声谢谢。我拿出一瓶绿茶递给二和。

高中时期的爱情，大都源于错觉或天真的感情冲动。可能会因为某个人帮自己捡起橡皮而觉得这是命中注定，也可能会因为分班而深感绝望。也许，这话不该由我这个在高中时期根本没有谈过恋爱的人来说。但我觉得，虽不中亦不远矣。当然，在摒除收入、社会地位等外在因素后，人与人之间的情感的确会变得纯粹许多。不过，我不觉得高中阶段的孩子在对待爱情方面具备足够的理性和辨别能力。

其实我想说的是，二和在高中时就认定了如此优秀的男人，不得不说她的判断能力真的很强。虽然这话听起来有点像是中年大叔不甘心的感叹。不过，我爱上的是一个看男人很准的女人。那是不是就说明，其实我的眼光也很好？也只有这么想，才会让我稍微好受一些。

从某种意义上来说，吾等平凡之人总是难免因这些完美之人而被迫三省吾身，相反，那些完美之人也不甚完美。就这起事故而言，二和并不是真正的罪魁祸首，所以木之本的回答才会让二和得到救赎。那么如果是小田桐说出真相，向他道歉呢？我想，他的宽容应该反而会让她更受折磨吧。受害者越是云淡风轻，加害者就越自责，所有的谢罪都会如同一粒无力的砂砾落入深渊，激不起一丁点水花，彻底被吸入暗黑的谷底。我会有这些感慨，大概都是出于对他的嫉妒吧。算了，别再想他的事了。

出租车即将抵达机场时，二和突然说想呼吸一下新鲜空气。大概担心一会儿下车后，被人看出自己曾哭过吧。距离航班起飞还有一点时间。咨询了司机的建议后，他告诉我们附近有一个机场公园，并问我们是否要拐过去。我不在乎具体地点，便一口同意了。

公园很大、很漂亮，也很干净。大概是时间的关系吧，此刻的公园里几乎没有人。广场后面有几张长凳，我们便在那里坐了下来。不知为何，广场中央摆放着一座螺旋桨飞机的石像。说明文字上写着，这架飞机名叫"北海一号"，据说是一〇式舰上侦察机的民间改造机，只不过在"二战"前就已经退役了，所以没有被做成塑料模型。这么说了，想必教务主任的父亲也没有开过这架飞机吧。

我喝了一口木之本羊司给的茶。二和似乎也终于平静下来了，缓缓开口道：

"……谢谢。"

夜晚的公园被静谧的黑暗所笼罩，只有二和的声音伴随着白色的气息飘入空中。

"你现在对十八岁还有什么割舍不下的挂念吗？"

"……我可以先问你一件事吗？"

"什么？"

"你怎么知道当时用手电筒照羊司的人不是我？"

"我想起了很多事情,然后就突然觉得有些不对劲。"我答道,"首先,你有些怕黑,应该不可能独自一人跑到那么黑的河边去。于是我就猜测,你应该是和谁一起去的。如果那是国际交流部的活动,那么这个人就很可能是小田桐了。你那么喜欢拍照,应该不会把拍照的工作交给她,那么当时手里拿手电筒的人,就应该是她而不是你。更重要的是,你不是那种明知不能用手电筒照人还这么做的人——哪怕当时很激动。"

"……我跟你说过我怕黑?"

"是啊,你还说过如果旁边有人陪着就不那么怕了。你可能忘了吧,不过我却一直都记得。"因为我喜欢你啊。

"……是吗……"

之所以会发现储物柜背后的文字,除了凭借自己的记忆之外,东的信息也给了我不少提示,不过如果二和不问,我也不打算主动回答。总之,除了我之外,绝对不会再有人能发现这个问题了。一直以来,我都觉得自己的高中时代就是一部毫无意义的失恋史,没想到居然能帮到她,看来也并非完全没有意义啊。人嘛,就是要积极看待问题。

"那天,我们本来是准备去拍点文化节的相片的。"

二和的声音已经不再沙哑。许是因为天色渐暗,她的眼眶看起来也不似方才那般红了。她又变成从前的那个二和美咲了。我看着公园的景色,听二和继续说了下去。

"河边有个奇怪的水泥块,看起来就像个地藏菩萨。因为地藏石像很有日本特色,正好适合用于宣传日本文化,于是我和阿枫就决定拍那里。白天太亮，照出来的相片反而会看不清，所以阿枫就提议到晚上用强光来制造强烈的光影，这样就可以突出地藏石像的轮廓了。"

正因如此，二和才去找网泽老师借了手电筒，网泽老师也提醒过她不要用手电筒照人。

"我当时还想着，哪有人会用手电筒照人啊，递给阿枫时，我也提醒了一句。但我觉得阿枫肯定也觉得没人会这么做，因为她当时嘟囔了一句'谁会这么做啊'。可是人在遇到突发状况时，就是会因冲动而失去思考能力。"

看到木之本羊司骑着自行车从桥过经过时，小田桐突然兴奋了起来，冲着桥上喊了好几声。二和也一起叫着他的名字。由于距离太远，他并没有听见二人的声音。小田桐的本意只是想朝他挥挥手，却忘了自己手里还拿着一个可怕的手电筒。就这样，一场意外的悲剧发生了。木之本摔倒时，桥上传来一声巨响，河边的两人连忙惊慌地跑到桥上。眼前的景象让二人大惊失色。二和还算冷静，而小田桐则吓得连忙用手捂住了嘴，浑身僵硬地站在原地。二和迅速检查了木之本的伤口，并叫了救护车。

"我们都以为人在感受到巨大的疼痛时只会发出呻吟声，对吧？不是的。当时羊司用左手按住伤口，嘴里一直喊着'好痛，好痛'。就和我们平时突然踢到什么硬物时的反应一样。当时的场景，我至今历历在目。"

那条路上的行人本不多，但这起突发事故还是吸引来了许多人。一个路过的女性见状，连忙掏出手帕为他止血。等救护车来了后，二和便准备陪木之本羊司一起去医院，小田桐却因为惊吓而走不动路。除了震惊，她还感到深深的自责。

"那个帮忙止血的女人说愿意帮忙送阿枫回家。我看她面相和善，便将阿枫拜托给了她。看阿枫那样子，我也不敢再让她陪我去医院了。更何况她就算去了也帮不上什么忙。"

到达医院不久，接到医院电话的网泽老师也赶来了，怒不可遏的她上来就给了二和一巴掌。直到这一刻，二和才意识到她被冤枉了。

"但我无从辩驳。因为当时跟老师借手电筒的人确实是我，而且跟去医院的也只有我一个人，被冤枉也是情理之中的事。可我当时根本没法对她说'不是我干的，当时拿手电筒照羊司的人是阿枫'。但我现在后悔了，我当时就应该说出真相，不该为了所谓的善良，把这种错误揽在自己身上，最终导致一切都走向了奇怪的方向。"

后来，受到刺激的小田桐休学了一段时间，再次回到学校时她才发现，所有人都认定了用手电筒照木之本羊司的人是二和。小田桐当然觉得无比尴尬。

"她说自己一定要说出真相。但我们商量了一下，觉得还没到合适的时间。因为当时阿枫正准备参加一个法国的画展。按照网泽老师的性格，要是知道她才是罪魁祸首，肯定会在一怒之下撤掉阿枫的参展资格。我知道她为了那个画展付出了多大心血，不想因为这件事断送了她的前程。阿枫同意了，我当然也没意见。"

后面的事，二和就说得比较含糊了，但从她的话里可以听出来，网泽老师为难了她好一阵子。但我觉得，一句"为难"应该不足以囊括她所受到的不公平对待。不过，二和并不打算说太多。

"在老师眼里，我就是个过失杀人的凶手，所以她就一直故意刁难我。"

"……一直？"

"嗯，一直。"二和重新坐直身子，"过了这么多年了，我也放下了，不过当时真的每天都过得很煎熬。因为我们几乎每天都有社团活动，而社团成员又只有我、阿枫和网泽老师三个人，我根本躲不开她。阿枫自然也目睹了这一切，但我觉得其实她和我一样痛苦，甚至比我更痛苦。"

"网泽老师现在还会刁难你吗？"

"不会了。"她微笑着摇摇头，"两三年后就好多了。但这并不意味着网泽老师原谅了我，我想她只是没有力气再恨我了吧。恨一个人其实是很累的事，总有筋疲力尽的那一天。"

小田桐终于再也忍受不了良心的谴责，再次提出要将真相全都说出来。而那时距离画展还有一段时间。二和听后当然反对，她告诉小田桐不用担心自己，并劝她再耐心等一段时间。只要画作能够顺利展出，阿枫就朝自己的梦想迈出了一大步，所以二和绝不允许她错过这个机会。

然而，小田桐已经忍不下去了。她决定让真相大白于天下。可她并没有直接找网泽老师说这件事，而是选择了在墙壁上留下那段文字后逃离了学校。

"她大概也知道，如果简单地留下信息，我肯定会想尽办法销毁，也一定会再去劝她耐心等机会，所以才会花上好几天，在墙上刻出那么深的文字。当时我们社团正好在忙着和市交流团一起举办一个活动，所以有一段时间放学后活动室里都没有人。阿枫说她身体不太舒服，就不去参加那个活动了，我是真想不到，原来她是在偷偷干这件事。后来我进去一看，满屋子都是她留下的信息，桌子上放满了纸片，日报里也写满了字，然后我就把这些纸片全都撕碎扔掉了。"

"我问你个问题，你可别生气啊。"我小心地开了口，"既然小田桐已经退学了，那你不是就能将真相告诉网泽老师了吗？也不用担心网泽老师会刁难小田桐了。你和网泽老师也能冰释前嫌，和好如初。不再会有任何人受伤。"

谁知，二和竟然缓缓地摇了摇头。

"说出来也许你不相信，其实我到现在都很喜欢网泽老师。"二和笑道，"很多人都觉得网泽老师行事古怪，但其实我很理解她。她是个很有正义感的人。我总觉得她的心里有一根分界线，只要在线内行事，她就会给予绝对的包容，而一旦有人越界，那么不管对方是好友、家人还是前辈，她都会不留情面地坚决抵制。反之亦然。这就是网泽老师。虽然她的分界线在其他人看来可能会觉得有些奇怪，但她从来没有在涉及底线的事情上退让过。我很欣赏她。"

二和抬头看了一眼天空，接着再次看向了前方。

"我也想过很多次，如果我跟老师说实话，她会怎么做？我觉得她一定会跟我道歉。她绝对不会怪罪我欺骗了她，或是觉得我也有错。总之，她一定会真心向我道歉。而且老师……"

或许她会认为自己才是越界的人吧。

二和无法想象网泽老师会给自己定多大的罪名，但隐约可以猜到她一定会非常非常自责。为了守护网泽老师，二和选择了一直隐瞒下去。她真是太善良了。不过，这才是我认识的二和美咲。

要是没了成员，社团就会被废除。这样一来，国际交流部的活动室很可能会跟以前的新闻部活动室一样，沦为音乐储备室。墙壁上的文字必然会暴露无遗，网泽老师也会因此发现真相。

"你一直留在高中，就是怕墙壁上的文字被其他人看到？"

"……是的。"

"也正因如此，你才一直无法毕业？"

"是的。不过……也不是。"

我看向二和。二和闭上眼睛，靠在椅子上。

"应该说，完全不是。"

我偷偷地看了她一眼。好不容易走到这一步，真不敢想象要是被她推翻，我该有多失望。二和缓缓睁开眼睛，再次望向天空。

"毕业证、墙上的文字，都只是微不足道的理由。"

"……什么意思？"

"我一开始不是说过了吗？"

"什么？"

"那天早晨在车站，你问我为什么停在十八岁的时候，我不是老实告诉你了吗……"

二和看着我的眼睛，苦笑了一下。

"我害怕长大。"

她说得那么轻描淡写。但也正因如此,反而有种莫名的说服力。我不知道该说些什么。

"起初那几年,我确实只是为了不让老师发现那段文字才继续留在学校里。但后来就变了,变得因为害怕长大才继续留在学校里。某年高三,我见到了阿枫。当时我去幕张①购物,偶然间遇到了她。她染了一头棕发,妆容也十分精致,但我还是一眼认出了她是阿枫。跟她打了声招呼后,我们就找了间咖啡店坐下来。我简直不敢想象,阿枫居然已经结婚了,还生了一个孩子,是个可爱的小男孩。从时间推算,她应该是高中辍学后就生了孩子。我不想让她担心,所以没有提自己还是高中生的事情。不过,看见阿枫长大了,还组建了家庭,我其实还是有些羡慕的。"

眼角余光处似乎有什么东西在摇晃。大概是公园里的螺旋桨在随风转动吧。

"我真心羡慕她。谁知阿枫居然苦笑着说,自己的人生简直太失败了。她说自己早就放弃了艺术,唯独婚姻,实在是有些不甘,因为她觉得自己所嫁非人。说实话,那一瞬间我其实有点看不起她。我想不明白,什么叫所嫁非人,我实在理解不了。大家不都是嫁给了自己的真命天子吗?"

她愈发激动起来。

"几年前,你的下一届学弟学妹们邀请我去参加同学会——

---

① 位于日本千叶市西北部,东京湾沿岸。

当然,他们都知道我还停在十八岁。那是我有生以来第一次踏进居酒屋。虽然有些吵,不过还挺有意思的。那一届的同学,大部分都已经步入社会了。男生们穿着帅气的西装,女生们也打扮得很时尚,让我着实羡慕。我打心底里觉得,这样的生活真是太好了。可没说几句,他们的话题就全都变成了抱怨工作、抱怨领导。明明每个人都曾有过梦想,但又都在现实面前选择了妥协。我委婉地问他们,为什么不能选一份自己喜欢的工作?结果所有人都哈哈大笑,用手指着我,说我还是太年轻了。接着他们告诉我,这就是人生的宿命,任你的理想再远大,在五斗米面前也将变得软弱无力。还说我等长大后就会明白了……在酒精的催化下,所有人都变得口齿不清。我这才意识到,他们早已不再是我认识的那些同学了。他们早已被生活折磨得失去了灵魂。"

"二和。那是……"

"不用解释的。"

仿佛积攒能量般,她深吸一口气,然后接着说道:

"明明梦碎了,为什么大家还能如此毫不在意?我简直不敢相信。为什么他们可以继续笑着,甚至满足现状?桂子也是这样,她明明那么想出道,可现在居然甘心在百货商店里卖CD,甚至还说自己很满意这份工作。还有东,明明那么想成为画家,现在居然说看看棒球比赛就很满足了,他们真的这么觉得吗?如果这……这就是成年人的模样,那我宁愿永远不要长大。"

"二和,你听我说。每个人长大后都要学会面对现实。谁也不想放弃自己的希望和梦想,可谁也不能永远守着梦想过日子……"

"我不想再听这些陈词滥调了!"

"你怎么还这么幼稚呢?"

"因为我还是小孩子啊!"二和用手拍了拍自己的胸脯,"我才十八岁,我本来就是小孩!既然是小孩,就可以畅所欲言,就可以怀揣梦想!你知道吗?其实我怕的并不是实现不了梦想,而是害怕成为一个可以满不在乎地放弃梦想的大人。如果真的变成那样,那我就不是我了,那样的我就是行尸走肉。我不要成为那样的大人,这比我每天在站台贫血晕倒更让我难以接受。所以,我想一直停在十八岁。我一直等待着那一天的到来,等待着羊司奇迹般地康复,重新在书法的世界里龙飞凤舞;等待着阿枫再次走上辉煌的艺术道路。当然,也可以是其他人。我在高中待了那么多年,认识了那么多同学,无论是谁,只要他能在长大后,满身荣耀地站在我面前,告诉我长大可真好啊,我就……可是,不管我怎么等,都等不到那一天。似乎所有人都乐于放弃梦想。这么多年了,我连一个坚持了梦想的人都没见到。间濑,你也一样吧?你的梦想是什么?你也早就放弃了吧?"

二和的声音消散在公园的上空。

她依旧那么天真、美好、纯洁,我竟无言以对。不过,是否实现梦想这样的问题在我身上其实根本不存在,因为我从来就没有过梦想。正因如此,我才会盲目地想要成为某种人——看报纸、做塑料模型。所以对我来说,梦想——想到这里,我想起了脚边的纸袋。收到一份电报。任何敌机都追不上我。以无人能及的速度划破天空的侦察机彩云号——对啊!

绕了一圈又一圈后回到我身边的侦察机,此刻就在这里。侦察机的任务不是舍身赴死,而是生还。它总在飞速前进,以随时获取准确的情报。这就是329节的梦想。我深吸了一口气,

"……等一下。"

这句话是对二和说的,但又何尝不是对高中时代的自己说的呢?说完,我揉搓着微微麻木的双手,瞥了一眼沉默不语的二和,小心翼翼地从纸袋中拿出塑料盒。银色的机身在黑暗中同样熠熠生辉。我取下塑料外罩。记得当时听完教务主任父亲的故事,我曾深有感触地往机身里偷偷塞过一张字条,好像就在腹部。我用双手捧起机身,寻找零件的接缝。我的手艺也太好了吧,居然找不到一处可以用指甲扣入的缝隙。不过,我还是努力地在机身顶部和底部间的接缝处抠了一下,然后有些紧张地咽了咽口水。我完全不记得自己在字条里写了什么。一堆漂亮话?一些无聊的琐事?是什么具体的目标?还是几句模糊抽象的话。用点力,应该就能打开了吧?打开之后,我就能知道,自己当时的——梦想。

然而,下一个瞬间我就突然放下手,然后忍不住捧腹大笑。我把飞机放回原位,盖上塑料盖。自己这到底是在做什么?

为什么非要找到高中时的梦想呢?

"……算了。"

二和诧异地看着我。我挺直腰背,挺起胸膛,努力表现出成熟稳重的模样。

"上高中后,我的梦想就是进入印刷公司做一名销售人员,然后努力工作、升职加薪。怎么样,你能反驳吗?"

"……哪有这么凑巧的事情？"

"但你也无法证明这只是凑巧吧？"我笑了，"前几天，我成功向总部提交了业务改进方案。为了提升公司全体员工的工作积极性，我提出了一个特别的激励方式。在征求小暮前辈和所长等人的建议后，我反复修改了好几次。我建议公司对激励方式进行区分，让新人能以个人为单位接受考核。而针对工作多年的老员工，则可以以集体为单位进行考核。对此，我还详细阐述了具体的计算方式，并确信这个方案能够提升公司的利润。虽然在高尔夫比赛中只能打出一百三十杆的成绩，但没关系，本部长记住我了。然后，在许多同事的帮助下，我对改进方案进行了大幅优化。所以，我觉得这个方案很有可能被采纳。这样一来，我距离升职加薪就很近了——但事实上应该也不会这么顺利。不过，我的成绩应该能让你看到一些长大的好处。所以，不管是我，还是其他人，再或者是你曾经的同学们，其实大家依旧对生活充满了希望。"

"……你可真会自说自话。"

"你不也是吗。苔藓不会总长在同一个地方，它们也需要不断迎接变化。与其害怕梦想破灭，或是一味地固守儿时的梦想，不如让自己学会无论在什么环境中都能随时起跳。"

二和陷入了沉默。我不知道她是接受了我的观点，还是在思考反驳的理由。她的眼神落在我的膝盖上，大概正在和自己做斗争吧。我甚至觉得自己能听到她内心挣扎的声音。我也在心里鼓励她：暴雨过后，便是晴天。用教务主任的话来说，就是——让每个有梦想的孩子都尽情释放天赋，并努力为他们创造最有利的条件，这就是大人应该做的事。不过,这样的挣扎再痛苦,你也必须勇敢地迎接未来。孩子,终归是要长大的。

想到这里,我从包里拿出一个卷起来的TOWER RECORDS纸袋。二和一脸茫然地接过它,然后慢慢拿出里面的东西。

"真锅说很抱歉,她给晚了。好像是你们约好的MD。"

不出所料,二和笑出了声。"……真是晚得离谱。"

"据说玩乐队的都没什么时间观念。"

"真像是桂子会说的话。"

我没有听过这张MD,毕竟没有得到允许,我总觉得这么做很没礼貌。我把东给的播放器也一起塞进了纸袋里,而且充好了电。二和把MD慢慢地插入播放器,并将耳机戴进右耳。而左耳那只耳机……曾经的记忆涌上心头。

"你要听吗?"

我接过她递来的左耳机。"你知道里面是什么吗?"

"或许吧。"

当然,不是英语演讲。背景声嘈杂,听起来像是一段舞台录音,里面还夹杂着观众乱喊的声音、鼓手断断续续的试音声。不久,音乐响起,我不由得呻吟了一声。我压住想要大喊出"我想起来了"的冲动,全神贯注地听着。下一秒,我受到了极大的震撼,因为里面放出的歌曲居然是MSP——真锅声音计划的原创歌曲。我不知道歌名,但是,这实在是太……

太让人怀念了!

> 我想看看不该看的东西　也只想看本不该看到的东西
> 想做梦　想看赤裸的生命　想看醉酒的暴力
> 我想看看不该看的东西　也只想看本不该看到的东西
> 但我看不到　我多想不顾一切做个坏人
> 明天依旧要上学　依旧要被教育成一个平庸的人
> 把泪水撒进秋天的星空　今天的我们也要忍着泪水

我差点在秋天的星空下泪流满面，而二和则早已抑制不住泪水。这首歌承载了我的整个高中时代。青涩、愚蠢、耿直，极致的锋芒，随时濒临崩溃的惶恐和脆弱，以及其他所有的一切。无论是真锅歇斯底里的咆哮，我的转子发动机，还是曾经和同学们在一起嬉笑打闹的时光。

公园里吹过一阵风，那是与曾经别无二致的，青春的风。

听完后，二和擦了擦眼泪，摘下耳机。

"我明白了。"她哽咽着站了起来，"现在我拿到了毕业证，墙壁的文字也已经被掩盖。我不会再拿那套说辞胡搅蛮缠了。"

她看了一圈，然后朝我笑了笑。

"向前……迈进就可以了吧？"

"是的，要不断前进。"

"看来是要起跳了。"

二和闭上眼睛，深吸一口气，然后开心地笑了起来。

"间濑。谢谢你一直以来为我做的一切。最后，我还有两件事想告诉你。"

"两件事?"

"嗯。"

二和直视着我,后退了一步,双手背在身后。

"首先,关于你为什么会怀疑我的年龄这件事,这个世界上应该只有我一个人能告诉你缘由。"

"那是……"我刚开口,又立即摇了摇头,"没事。我自己也隐约察觉到原因了。"

"真的?"

我点点头。

"你怎么知道我发现了?"

"在校门口看到你的时候,我就觉得有点奇怪,所以我给桂子发邮件问了一下。"

原来如此,是在唱卡拉OK的时候。总之,这是我的问题,我回头处理一下就好了,并无大碍。

"那么,最后一件事。"

二和说着,从外套的口袋里掏出一张纸片给我看。

"现在你逃不掉了。"

在昏暗的公园里,我一时之间没看清那是什么。不过,隐约中还是有种似曾相识的感觉。定睛一看,是个白色的信封,上面有很多褶皱,或许是因为二和一直放在口袋里所致。片刻后,我才终于想起来了。

那些褶皱……用力拧信封的人不就是我吗?

我的指尖突然变得麻木,呼吸也停了几秒。

"你还记得高三那年，千纸鹤被清洁工不小心当成垃圾丢掉了吗？当时，国际交流部众人连夜在学校的垃圾桶翻找千纸鹤，结果我在垃圾堆里发现了一封写给我的信，然后下意识地捡起来了。"

信封上写着"致二和美咲"。毫无疑问，这是我高中时的笔迹。

这就是我写的那封……情书。

我慌张地站起身，想要抢走她手里的信封。胸口仿佛有若干只以羞耻为名的白蚁爬过。但是这么做毫无意义，我的情书早就已经落在她手里了。想到自己刚刚的愚蠢想法，我无奈地笑了笑。

"间濑，你可能忘了，其实我是打算回应你的情书的。捡到信后不久，我去新闻部找过你。"

"……我记得。"

"包括你自己跑出活动室，丢下我一个人的事也记得？"

"……都记得。"

"你离开后，我在活动室里待了一会儿。我本以为你会回来，结果等了好几个小时，你都没有回来。"

我本想苦笑，却又实在笑不出来，便只是紧紧咬着嘴唇。记忆在黑暗中不断地闪烁光亮，似乎有什么东西在空气中蒸发了。

"我看到活动室里摆着很多塑料模型，不过都藏在遮光窗帘后。数量多得惊人。间濑，你真厉害。不仅千纸鹤折得好，还能轻松帮我装好储物柜的固定件。那些塑料模型做得也很棒。我觉得每个有追求的人都很有魅力。"

"二和，你别说了。"再说下去，我怕自己会哭出来。

"……那我现在……能回复你这封信吗？"

二和看了一会儿信封，然后对我不怀好意地笑了一下。

"上面写的是'请在毕业前回复'，现在还没到截止日期吧？"

我……回过神来时，发现自己穿着校服，正坐在新闻部的活动室里努力备考。手里握着一支自动铅笔，长桌上摊着一本参考书。耳畔隐约传来暖炉的运转声，还有不时拍打窗户的雨滴声。二和坐在我面前的折叠椅上，

让我看自己写的情书。

"……事先声明。"我合上参考书后说道。

"什么事？"二和温柔地笑了笑。

"要是被你误会，我可是会很难过的。我不是因为小田桐的教唆才跟你表白的，我一直都很喜欢你。大概是从高一开始的吧。"

"我知道啊。满满四页信纸，都这么写着呢。"

"……这样啊。"原来她明白，"那就好。"

"其实那天，我的脑子一片混乱。"二和闭上眼睛说道，"羊司君惨遭意外，而我还要应付网泽老师、安慰阿枫，那段时间真是心力交瘁。后面发现了你的这封信。所以……所以我打算回复你的信，大概也是想找一个可以帮助我的人吧。所以，我那天的回答跟接下来要说的可能相同，也可能完全不同。"

"我能再多问一句吗？"

"哈哈。这次又是什么问题？"

"我写的那封信……也是你停在十八岁的一个理由吗?"

"哈哈,你可别太自恋了。"二和一脸狡黠,然后慢慢收起笑容,歪着脑袋戏谑地看着我。

"你觉得呢?"

23

九度目の十八歳を迎えた君と

早晨的站台总是莫名地让人觉得疲倦。

每个乘客的脸上都带着一丝不悦，似乎在祈祷即将开始的一天能够尽早结束。我的心情尚可，但也不至于欢呼雀跃。不过说实话，今天的早晨确实比以往惬意得多。

早晨的站台总是莫名地让人觉得疲倦。

每个乘客的脸上都带着一丝不悦，似乎在祈祷即将开始的一天能够尽早结束。我的心情尚可，但也不至于欢呼雀跃。不过说实话，今天的早晨确实比以往惬意得多。

今后我再也不用顾及满平的心情了，于是按照往常的习惯，我上了更早两班发车的电车。满平如今也是能够独当一面的销售人员，手里也有些自己的客户了。现在我们不仅是同事，更是在业绩上相互竞争的对手。要是轻易被他赶超，我这个前辈岂不是很丢人？

不过，如果改变乘坐电车的时间，就必然见不到站台对面的二和——话说回来，现在也已经三月份了，高三学生基本上不用再去学校了。确切来说，可能连毕业典礼都已经结束了。说起来还挺好笑的，高三那年的十二月以前发生的事情，我一直记忆犹新。可不知怎的，次年一月后的记忆就像被盖上了马赛克般模糊不清。如今也只能回想起一些零碎的片段了。

新年伊始，我收到了一封二和发来的邮件。

"新年快乐。我决定今年复读，但请放心，我很快就会从高中毕业的。这段时间非常感谢你的帮助。虽然和你们之间还有很大距离,但是我会慢慢回到正轨。祝你这个销售人员早日升职发财,我很期待哟。对了,网泽老师也祝我'毕业快乐'了。"

看完邮件,我不禁露出了微笑。此后,我就再也没有收到过她的信息了。不过我并不担心。二和是个聪明的女孩,我相信无论发生什么,她都能够靠着自己的力量顺利应对。也许有一天,我会在某个意想不到的地方看见她的翻译作品。我对她充满期待。

说到邮件,其实我还收到了另一封——一封让我得到了心灵救赎的邮件。其实这封邮件早在几天前就收到了,虽然内容既简短又刻薄,但也正因如此,我一下子就释然了。发信人是夏河理奈。距离我们上次见面,已经过去了好几个月。

"我有男朋友了。"

虽然她应该是出于报复心理给我发邮件,不过我还是衷心地祝福她。那么问题来了,我应该怎么回复呢?说"恭喜"?总觉得有些讽刺的意思。犹豫了一番,最后还是打了两个字"谢谢"。我不知道夏河理奈会如何看待我的回信,不过自那以后,我就没有收到过她的回复了。我在心里再次对她说了声谢谢。我真心希望她的男朋友是一位优秀的男性——就像木之本羊司一样。我也真心希望他们能够幸福地走下去。

到了公司,我处理完手头的工作后,就去了客户处。没想到,满平先我一步飞奔出了营业所。上午开会的时候,他说自己见完三个老客户后,还要去三个新的潜在客户处走走。默默为他加油鼓劲的同时,我也告诫自己——可不能输给新人哟。

晚上回到营业所,打开邮箱后看见了一封转发自所长的邮件。

看到附件的标题时,我不禁咽了咽口水。

——业务改进方案:采纳结果通知。

这封邮件我已经等了很久。深吸一口气后,我打开了附件。余光可见坐在对桌的小暮朝我这里偷瞄了几眼。这份文件按照五十音的顺序罗列出了方案内容和提案人的名字。我快速滚动鼠标,将光标移到自己名字对应的那一行。

找到了!可是看见的瞬间,整个人就绝望得如同被拔掉了生命的插头。

——间濑丰:不采纳。

我怔住了。不会是看错了吧?我又盯着屏幕看了好一会儿,可惜,我没有看错。我用力往后一仰,压得椅背嘎嘎作响。胃里有些绞痛,但我顾不上了,又继续在屏幕上找起了评语。

——看似构想严密,实则毫无用处。新手才会提出的荒唐之论。不具备任何采纳价值。

荒唐之论——这句话就像盐酸一样无情。这段话在我的脑海中不停地重复,胸口如同被灼烧一般疼痛。既然如此,我倒要看看这次被采纳的究竟是个什么了不起的方案。仔细一看,才发现最优方案一栏空缺。但在暂定采用方案中,有且仅有一个拟采用,同时也是评价最高的方案。是第一营业本部的课长仓平政光提交的业务改进方案,虽然我从未见过他。通读完全文,我不由得冷笑了一下。

通过调整上班时间以增加销售额的方案

概要:让全体销售人员提早一小时上班,以期比往常多拜访两位客户。如此,销售额有望增长至现阶段的一点五倍。

无话可说。一个课长,再年轻也得有个四十出头的年纪吧。步入社会二十余载,提出的建议居然是让员工早起,来提升业绩。我不知道该怎么发泄内心不断膨胀的不满,只能紧紧地咬住后槽牙。

"……别太在意。"不知何时,小暮站在了我的身后。

我从嘴里艰难地挤出了一句"对不起"。

"你那么努力帮我,结果……"

"你做得很好。真的!"

"我的方案有那么荒唐吗?"

"……怎么会呢?你考虑得很周全。我觉得这个方案就算不能被正式采纳,起码也能被暂定采用。你不在的时候,所长也是这么说的。"

"还是早起更有用吧。"

"……别说这种话。"

"那你说,为什么没有采纳我的方案?"

"这个嘛……"

"我都懂……抱歉。小暮,你说得对。"

我还是过于稚嫩了。

想到这里,我又忍不住咳了起来。手帕上沾满了血渍。小暮吓了一跳,问我要不要叫救护车。我苦笑着说"不用",但是他早已拨响了急救电话,让接线员派出救护车。

"小暮,我真的没事。"我让他挂掉电话。

"……怎么可能没事。"

"这只是个心理问题,就算去医院也没用。我自己知道原因。"

"……什么原因?"

"如今她战胜了自我,我也就不能再把她当作逃避的借口了。"

"你在说什么?"

"我自始至终都在下意识地反抗。是时候解决这个问题了。"

我拜托小暮让我看看前几天提交的高尔夫比赛申请表。这张申请表与上次的不同,本部长要求我参加三月份的比赛,所以我又提交了一份新的申请表。尽管小暮一脸狐疑,但还是把放在他桌上的申请表递给了我。

我一边擦拭着嘴角的血迹,一边查看申请表。我想找的不是比赛日期,不是高尔夫场地,当然也不是我的最佳成绩。

而是年龄。

申请表的年龄栏改得面目全非,连我自己都忍不住想笑。上面有四处写错并被涂抹过的痕迹,不过最终填的年龄是二十九岁。当时我觉得我今年应该是二十九岁。

可在几天前,我打开浏览器,在搜索栏里输入——

恶毒海葵

界面很快跳出了搜索结果。我立即点开维基百科——

恶毒海葵是由花冈一人和梦乡重吉组成的日本搞笑组合

我把目光移向资料栏——

成员：花冈一人（二十六岁）

接着，我打开公司内网，查找跟我同期入职的木村的电话号码。住在员工宿舍的那段时间，他住在我隔壁，是我入职后关系最要好的同事。电话刚打过去，木村就接起来了。

"间濑，是你啊。好久不见，最近过得好吗？"

"抱歉，我找你其实是想问一件事。你从明治大学毕业后就进了这家公司，从来没有复读或留级过，对吧？"

"……是啊。这有什么问题吗？"

"我跟你一样，没有复读，也没有留级过。我还想问一句，你现在几岁？"

"哈？"

"别管那么多，快回答我。"

"肯定是二十六岁啊。"

我沉默了一会儿，然后对他说了声谢谢，挂断了电话。接着，我一股脑地把桌上记录有我年龄的文件都翻了出来。部分文件和那张申请表一样写着"二十九岁"，但也有些文件上写着"二十七岁"或"二十八岁"。我还找到了几张写着"二十六岁"的文件，不过数量极少。

小暮见我这么慌乱，忍不住问我到底在找什么。我直接告诉他，我好像不知道自己到底几岁了。我记得当时我告诉他，二和一直停留在十八岁时，他看我的眼神就像在看一个疯子。而现在却完全不同。他紧皱眉头，一脸担忧地小声嘟囔着：

"没事的，这也是常有的事。"

我说想去外面呼吸点新鲜空气，于是坐进电梯，上了屋顶。陷入困境时，脑海中总会浮现出那个人的话。原来，高中时代对我的人生产生了如此巨大的影响。

——年龄是个很可恨的东西，远凌驾于性格、能力、本质之上，也对决策起着决定性的影响——

幸好，现在屋顶上一个人也没有。我坐在长椅上，深吸了一口气。晚霞染红了下午六点的天空，也染红了我。

目前可以确定的是，真锅在居酒屋听说二和一直停留在十八岁后，表现得十分震惊。而东在见过冻龄状态的二和后，则丝毫不觉得奇怪了。那么，伊佐呢？书法教室的皆川呢？两人均未说自己见过冻龄后的二和，但也从未说过自己觉得这不合理。我原以为他们一定是无意间见过了二和，但又隐隐觉得有些不太对劲。

所以，他们遇到的不是二和，而是年龄错位的我。

我记得自己在办理卡拉OK会员卡时，就犹豫过年龄那栏应该填什么。原来，那时就已经出现迹象了。甚至是从第一次在站台上认出二和时就已经出现了。也许我从咳血时起，便与二和一样，逐渐对周围人产生了影响。原来我和她一样啊。这就是为什么，只有我觉得她的年龄是不合理的。

——这个世界上应该只有我一个人能告诉你缘由——

原来，只有"一丘之貉"才能发现彼此的异常。这听起来还真有些讽刺。只要时间不可逆转，青春之宝贵就一定是无可替代的。然而有的时候，生存天数，也就是年龄，往往会成为评价一个人的决定性依据。工资、发言权、影响力、风度……实力在年龄面前根本不值一提。我在他人眼里的模样，可能很大程度上取决于我的年龄。

"你辛苦了。"

我回头，看见满平站在那里，晚霞映红了他的脸颊。走过来后，他有些扭捏地看着我。

"怎么了？"

"我刚回营业所，小暮就让我上屋顶看看你，怕你失落。"

"……哈哈。"我挠了挠头，"那人可真是的。"

"间濑，我觉得你真的很厉害。"

"怎么突然……"我不由得笑了一下，"变得这么花言巧语了。"

"哪有，我是真心这么觉得。"

满平的语气突然严肃起来，我也收起笑容。

"自从我开始独自拜访客户，就深切感受到了这一点。虽然也有人给我引荐过新客户，但这些业务也都是得益于老客户啊。一直到现在，我都没开发出一个新客户，今天也是毫无收获。"

"一开始大家都是这样的。"

"但是我听所长说，你在我这个时候已经开发了三个新客户。"

"农村和东京怎么会一样呢？"

"你别谦虚了。虽然在营业所里说这种话不太好，但说真的，至少在我心里，你是全营业所最厉害的销售。你教会了我很多，你就是我心目中的偶像。"

说完，满平又伸出左手示意我看。起初我还一脸茫然，后来见他露出手表后才瞬间明白过来。

"我最终还是用第一个月的工资买了这块手表。"

"……这不是飞行员手表吗?"

"先从表面开始学。你戴的那块表实在太酷了,所以我也买了一块。"

"机械表……是IWC[①]吗?这款手表很贵啊。第一个月的工资应该不够吧?"

"确实不够。"满平尴尬地笑了一下,不过还是用力地点点头。

"但我觉得这是为了激励自己的必要投资。"

满平自信地说道。他一直都是个乐观积极的人。

"我现在的愿望是追上你,然后超越你。真的!虽然我并不知道你经历了什么,但我希望你依旧是那个一直跑在我前面的前辈。我一定会赶上你的,等着瞧好了。"

我摇了摇头,深吸了一口气来平复心情,然后慢慢地站起身看向满平。

"你能对我说句'去死'吗?"

"啊?"

"别管原因,说就行了。"

"呃……"满平迟疑了一下,还是听话地说道。

"好吧……去死!"

"不去!"在晚霞的光辉中,我挺起胸脯高声说道。

[①] 瑞士钟表品牌,一九三六年推出首款特别为飞行员定制的腕表。

"因为我还没有实现我的梦想啊！"

满平被我这突然的举动弄得有些茫然不解，但还是笑着问道："是恶毒海葵吧。"我惊讶地问他："你居然知道这个组合？"

"那是当然。"满平点点头说，"他们绝对会大红大紫的。我太喜欢他们了。"我告诉他花冈是我的高中同学，没想到他听完兴奋不已，央求我多说点花冈当年的趣事。我自然很愿意，便挑了几件小事说给他听，只是隐去了毕业证的事情。

看着满平的笑容，我在心中对着即将迈入十九岁的二和喊道：

"你看，我们同学的——梦想——并没有死去！"

我答应过她，会让她看到长大的好处。既然如此，我就不能在这种地方自暴自弃。年龄算什么？一直把年龄当作借口的人，永远都只会是个孩子。我不会再记错自己的年龄了。我必须迷途知返。

无论别人怎么说，我都是二十六岁。

不只是我。无论是在百货商店卖CD的真锅，还是在市政府税务课工作、经常去棒球场的东，抑或是迫不得已结婚的小田桐，我相信每个人都能原地起跳，突破自我。没有人的灵魂会因此死去。只要人还活着，那么无论走多少歪路，灵魂都不会死去。

我仰望满天红霞，彩云号再次以无人能及的速度划破布满霞光的天空。是谁带走了我的那些塑料模型呢？喜欢战舰的三浦顾问应该会带走几个军舰塑料模型吧？社会课的梅田老师开的是MINI Cooper[①]。若是自家汽车的模型，也许他会有些兴趣吧？我记得教国

[①] 一款英国汽车公司Mini生产的紧凑型轿车，该品牌后归至宝马旗下。

语的杉本老师来自熊本。那他应该会拿走熊本城的模型？反正也是八九不离十了。

这些被我遗留在高中时代的青春结晶，飞向了世界的各个角落。它们与被焚烧处理的千纸鹤不同。在教务主任的引导下，它们离开原来的巢穴，进入了一个崭新的天地。这些塑料模型一定会感染它们的新主人，让他们也戴上飞行员手表。这种连锁反应，美得令人感动。

我的灵魂终于从青春的束缚中挣脱开来，飞向新的天空。

和不再迎来第十个十八岁的你，一起。

解说

若林踏

解除被施加于"青春"二字上的诅咒，这应该就是浅仓秋成创作这部小说的初衷吧？

浅仓秋成的《和迎来第九个十八岁的你》是一部出版于二〇一九年六月的长篇小说，隶属东京创元社"神秘边界"系列。在讨论本书内容之前，我想先简要介绍一下作者在创作这本书前的主要经历。二〇一二年，浅仓秋成凭借《黑色亡魂》荣获第十三届讲谈社BOX新人奖的PoWers奖，就此正式步入文坛。这是一部讲述四个超能力高中生故事的作品。四个月后出版的第二部作品《Fragger的方程式》（讲谈社BOX）则讲述了一场由神秘系统引发的骚动。自出道以来，浅仓就有着"伏笔狙击手"的美称，总能在文末漂亮地收回所有伏笔。回头看就会发现，浅仓可以说是一位预测了"特殊设定悬疑小说"兴起的作家。

继《Fragger的方程式》之后，浅仓又于二〇一六年凭借节奏相对缓慢的作品《失恋觉悟回旋》（讲谈社）再次引起关注。二〇一九年三月，其第四部作品《直到教室只剩下一个人》（角川出版社）正式出版。这是一部讲述借助超能力解开高中同班同学连环死亡案的作品。凭借此书，浅仓荣获第七十三届日本推理作家协会奖（长短篇小说）和第二十届本格推理大奖双项提名。虽然最终未能获奖（吴胜浩凭借《天鹅》一书斩获日本推理作家协会奖，本格推理大奖则颁给了相泽沙呼的《心灵侦探城塚翡翠》），但就成功营造出教室这个"密闭空间"这点而言，这不仅是一部引人入胜的悬疑小说，更是一部十分出彩的青春小说。这部作品初步奠定了浅仓"推理界青年才俊"的形象。

那么，他的第五部作品《和迎来第九个十八岁的你》又讲述了一个怎样的故事呢？简单而言，如果说《直到教室只剩下一个人》是一部聚焦于"空间"的青春小说，那么这本《和迎来第九个十八岁的你》就可以说是一部聚焦于"时间"的小说。

叙述者"我"，也就是间濑，是一位在印刷公司营业所工作的普通职员。某个残暑依旧酷热的早晨，上班途中的间濑在站台上见到了曾经的高中同学二和美咲。美咲曾是间濑的暗恋对象。本以为这会是一部关于青春酸甜回忆的小说，但很快，一个不可思议的谜团就映入了读者的眼帘。站台上的美咲，依旧穿着高中时的校服，容貌也一如十八岁时的模样，没有丝毫改变。可问题是，间濑和美咲都已从高中毕业许多年。出于好奇，间濑借着拜访客户的空当拐去母校看了看。果然，他遇到了还在那里读高中的二和美咲。交谈几句后，间濑确定了她就是自己认识的二和美咲。自间濑毕业后，美咲已经在这所高中读了很多年高三。

过了几日，那日在校门口见到的一位名叫夏河理奈的女生主动联系了间濑。理奈是美咲现在的同学，她迫切希望美咲能从高中毕业，并走进十九岁。为此，她请求间濑助她一臂之力。理奈认为，二和之所以一直停留在十八岁，既有可能是她本身的内在原因，也可能是受到了某种外在实体的影响。无论是哪种情况，想要让美咲从高中毕业，就必须找到真因并成功消除其影响。理奈觉得只要找美咲的"首届同学"挨个问问，或许就能找到一些蛛丝马迹。间濑接受了理奈的建议，见了许多当年曾与美咲有过交集的同学。在此过程中，间濑也必须被迫直面曾经的痛苦回忆。

解谜类故事大都是以寻找原因为主线，也就是我们常说的"动机"。而一般说到"动机"，我们脑海中浮现的大都便是"真凶的意外动机"，或是"出场人物的诡异动机"，等等。这部小说的"动机"则别出心裁地设定为"为什么我的同学能一直停留在十八岁？"，迄今为止，我还没见过一部与之风格类似的小说。

不仅如此，解谜的过程也很有新意。本书的解谜采用的是通过采访慢慢接近真相的形式，也就是我们常说的"采访类小说"。美咲是间濑曾经暗恋过的人，而随着他从曾经的同学们口中了解到越来越多的信息，美咲努力隐藏多年的真相也被缓缓揭开。通过多次采访来探寻某个人不为人知的一面，这种写法常见于第一人称私家侦探小说中。

采访类小说的这些元素，其实与青春悬疑小说也十分契合。将曾经的故事借叙述者之口予以表达，并将之与相关者的经历两相比较后，其中的差距会让叙述者感到惊讶、痛苦。若说善用采访类小说手法进行创作的青春悬疑作家,那就不得不提樋口有介了。樋口笔下的叙述者,往往会在回忆往事的过程中,发现某个让他们感到惆怅或怀旧的谜团。

不过,本书中的间濑又与这类青春悬疑小说中的采访者稍有不同。因为间濑本人身上就藏着一个谜团。

其实,本书中还提出了一个不解之谜。关于美咲一直停留在十八岁的事情,间濑询问了许多人的看法。奇怪的是,似乎所有人都觉得这是很正常的现象。就连同公司的前辈和后辈都没有什么疑惑,为什么间濑会觉得此事不可思议呢?这到底是怎么回事?

如此一来,叙述者就会更加迷惑,他所看到的、经历过的一切事物也会带上一道神秘的色彩。这才是浅仓秋成作品的巧妙之处。他之所以成为备受瞩目的新锐悬疑小说作家,除了其文学风格独树一帜外,更重要的是,他极其擅长设计伏笔。

书中有一个词,叫"蹉跎",让人印象十分深刻。高中时期的间濑,满眼满心都是美咲。可他不仅无法拉近与美咲之间的距离,甚至越发因这种感情而感到痛苦。关于间濑的心理,书中如是写道:

"她和我,简直就是两个世界的人啊——那一瞬间,我突然就生出了这个感觉。"

"对我这个整个初中时期都没有交过女朋友的人来说,被女孩喜欢的难度不亚于得个诺贝尔奖。既然知道不会有结果,不如从一开始就不要奢望爱情。"

姑且先引用这两句吧,否则恐怕我也会觉得很忧郁。总而言之，间濑为了靠近美咲而采取的一切行动，以及他在这期间的情感变化，都让人觉得焦急又滑稽。没错，就是蹉跎了青春。

那么，这是一部嘲笑痛苦单相思的小说吗？不，这并不是一个简单的以取笑青春期的挫折为乐的故事。随着间濑的故事在过去和现在之间来回穿梭，读者也会不禁生出一个疑问：我的青春期，过得到底有没有价值呢？何止间濑一人，我们许多人在回忆青春时代的时候，不都会后悔自己年轻不懂事，虚度了光阴吗？但是，我们的青春真的虚度了吗？首先，"没有成就的青春是黯淡无光的"——这样的思想只会将自己囚禁在痛苦的牢笼中。沿着间濑的调查脚步，读者们的内心也会大起波澜。正因如此，我才在文章开头提到了"青春诅咒"及"解除"。

除了本书外，浅仓的其他作品中也大都出现过青春的元素。例如，《直到教室只剩下一个人》以"校园"为舞台，讲述了一个看似平常的故事。浅仓用其独特的理性思维为读者揭开了故事的背景。迄今为止，以认真思考青春诅咒及其解除方法为作品主基调的作家，浅仓当数独一份。

这是浅仓秋成的第一本文库本小说。据悉，讲谈社大河将于二〇二〇年十二月出版《请做好失恋的准备》（后更名为《失恋觉悟回旋》），角川文库将于二〇二一年一月出版《直到教室只剩下一个人》。此外，其他一纸难求的浅仓作品也将被陆续制作成文库本。衷心希望各位读者能翻开本书与《直到教室只剩下一个人》，感受一下天才作家笔下的青春悬疑故事。

在接受东京创源社网络杂志《神秘网络!》的微访谈时，浅仓曾就"蹉跎青春"的问题对中学生读者们如是说道：

"所以我想告诉中学里的孩子们。想要拥有精彩的人生，就不要频频回头看。不要让过去成为你退缩的理由，拿出勇气，迈向未来。"

打破诅咒的桎梏——浅仓秋成用文字传递着这一信念，他的创作之路还在继续……

若林踏

若林踏，一九八六年生，日本悬疑书评家。主要为《推理特集》《周刊新潮》《小说现代》《真实声音》等媒体撰写悬疑小说的书评和文库解说。著有《新世代推理作家探访》（光文社）。参与运营"大家的推选文学奖"。

"KUDOME NO 18 SAI WO MUKAETA KIMI TO" by AKINARI ASAKURA
Copyright © 2019 Akinari Asakura
All Rights Reserved.
Original Japanese edition published by Tokyo Sogensha Co., Ltd.
This Simplified Chinese Language Edition is published by arrangement with Tokyo Sogensha
Co., Ltd. through East West Culture & Media Co., Ltd., Tokyo
Simplified Chinese edition copyright © 2025 by China South Booky Culture Media Co., Ltd.

© 中南博集天卷文化传媒有限公司。本书版权受法律保护。未经权利人许可，任何人不得以任何方式使用本书包括正文、插图、封面、版式等任何部分内容，违者将受到法律制裁。

著作权合同登记号：字18-2024-191

图书在版编目（CIP）数据

和迎来第九个十八岁的你 /（日）浅仓秋成著；潘郁灵译 . -- 长沙：湖南文艺出版社，2025.7. -- ISBN 978-7-5726-2402-5

Ⅰ . I313.45

中国国家版本馆 CIP 数据核字第 2025R0M562 号

上架建议：畅销·悬疑推理

HE YINGLAI DI-JIU GE SHIBA SUI DE NI
和迎来第九个十八岁的你

著　　　者：	［日］浅仓秋成
译　　　者：	潘郁灵
出 版 人：	陈新文
责任编辑：	夏必玄
监　　制：	于向勇
策划编辑：	布　狄
版权支持：	金　哲
特约编辑：	罗　钦　张妍文
营销编辑：	黄璐璐　时宇飞　刘　爽
装帧设计：	沉清Evechan
版式设计：	李　洁
内文排版：	谢　彬
出　　版：	湖南文艺出版社
	（长沙市雨花区东二环一段 508 号　邮编：410014）
网　　址：	www.hnwy.net
印　　刷：	三河市天润建兴印务有限公司
经　　销：	新华书店
开　　本：	875 mm×1230 mm　1/32
字　　数：	206 千字
印　　张：	9.25
版　　次：	2025 年 7 月第 1 版
印　　次：	2025 年 7 月第 1 次印刷
书　　号：	ISBN 978-7-5726-2402-5
定　　价：	49.80 元

若有质量问题，请致电质量监督电话：010-59096394
团购电话：010-59320018